हिन्द पॉकेट बुक्स

संत ज्ञानेश्वर

डॉ. प्रभाकर माचवे हिन्दी के प्रतिष्ठित साहित्यकार थे। उनका जन्म ग्वालियर में हुआ एवं शिक्षा इंदौर में हुई। ये मुख्यत: कविताएं लिखते थे। इनके कविता-संग्रह हैं : '*स्वप्न भंग*', '*अनुक्षण*', '*तेल की पकौड़ियां*' तथा '*विश्वकर्मा*' आदि। इन्होंने उपन्यास, निबंध, समालोचना, अनुवाद आदि मराठी, हिन्दी, अंग्रेजी में 100 से अधिक पुस्तकें लिखी हैं। इन्हें 'सोवियत लैंड नेहरू पुरस्कार' तथा उत्तर प्रदेश हिन्दी संस्थान का सम्मान प्राप्त हुआ है। इन्हें सन् 1989 में सुब्रह्मण्यम भारती पुरस्कार भी प्रदान किया गया।

भक्त कवि

संत ज्ञानेश्वर

डॉ० प्रभाकर माचवे

हिन्द पॉकेट बुक्स

पेंगुइन रैंडम हाउस इम्प्रिंट

हिन्द पॉकेट बुक्स

यूएसए | कैनेडा | यूके | आयरलैंड | ऑस्ट्रेलिया
न्यू ज़ीलैंड | भारत | साउथ अफ्रीका | चीन | सिंगापुर

हिन्द पॉकेट बुक्स, पेंगुइन रैंडम हाउस ग्रुप ऑफ़ कम्पनीज़ का हिस्सा है,
जिसका पता global.penguinrandomhouse.com पर मिलेगा

पेंगुइन रैंडम हाउस इंडिया प्रा. लि.,
चौथी मंजिल, कैपिटल टावर -1, एम जी रोड,
गुड़गांव 122 002, हरियाणा, भारत

पेंगुइन
रैंडम हाउस
इंडिया

प्रथम हिन्दी संस्करण हिन्द पॉकेट बुक्स द्वारा 1990 में प्रकाशित
यह हिन्दी संस्करण हिन्द पॉकेट बुक्स में पेंगुइन रैंडम हाउस द्वारा 2022 में प्रकाशित

10 9 8 7 6 5 4 3 2

इस पुस्तक में व्यक्त विचार लेखक के अपने हैं, जिनका यथासंभव तथ्यात्मक सत्यापन किया गया है, और इस संबंध में प्रकाशक एवं सहयोगी प्रकाशक किसी भी रूप में उत्तरदायी नहीं हैं।

ISBN 9789353492885

www.penguin.co.in

FSC www.fsc.org MIX Paper from responsible sources FSC® C047271

This is a legitimate digitally printed version of the book and therefore might not have certain extra finishing on the cover.

क्रम

जीवन-कथा

संत ज्ञानेश्वर

कुल परंपरा और गुरु परंपरा

आज से सात सौ बरस पहले, सन् 1275 में जनमे, और सिर्फ इक्कीस वर्ष की आयु में 1296 में जिन्हें 'समाधि' लेनी पड़ी, उस महान् संत कवि श्री ज्ञानेश्वर के जीवन के बारे में कई तरह की कहानियां प्रचलित हैं, और तरह-तरह के मतभेद मिलते हैं। श्री ज्ञानदेव की अनेक जीवनियां छोटे-छोटे लेखों के रूप में मिलती हैं, परन्तु प्रामाणिक बातें तो उस समय के, उनके साथ के लोगों की लिखी हुई बातें ही हैं। उन्हें जब जिंदा जमीन में गाड़ दिया गया या समाधि लेने को बाध्य किया, तब उन्होंने अपने बारे में कुछ कहा है, उससे भी उनके पुरखों और गुरुओं के बारे में थोड़ा पता लगता है। उस सबके आधार पर जो कहानी बनती है वह कुछ यों है।

दक्षिण महाराष्ट्र में पैठण (जिसे पहले प्रतिष्ठान कहते थे) के आठ मील की दूरी पर गोदावरी नदी के किनारे उत्तर दिशा में आपेगांव नाम के गांव में ज्ञानेश्वर के पुरखे पुरोहिती करते थे। जाति से वे यजुर्वेदी देशस्थ ब्राह्मण थे। वत्स उनका गोत्र था। उनकी वंश परम्परा इस तरह से मिलती है :

- हरिहर पंत (मूल पुरुष) सन् 1137
  - रामचन्द्र
    - गोपाल
      - त्र्यंबक (सन् 1206)
        - गोविंद पंत
          - विट्ठल पंत
            - निवृत्ति जन्म 1273
            - ज्ञानदेव (1975-1976)
            - सोपान जन्म 1277
            - मुक्ताबाई जन्म 1279
        - हरी पंत (युवावस्था में लड़ाई में मृत्यु)
  - केशव (अकाल मृत्यु)
  - मोहनबाई (देवीगढ़ के माचवे जी के साथ विवाहित)

इस वंश की पहली तीन पीढ़ी के पुरुष पुरोहिती और पटवारी का काम करते थे। चौथी पीढ़ी के श्री त्र्यंबक पंत ने राजनीतिक गतिविधि में हिस्सा लिया। वे एक ओर जहां बहुत सात्त्विक और ईश्वरभक्त थे, वहीं दूसरी ओर बोलने में चतुर और समय की सूझ रखने वाले निर्भय व्यक्ति थे। बीड़ प्रदेश का शासन-प्रबन्ध आपने कुछ समय तक चलाया। उसके बारे में राजा जैत्रपाल की सनद भी मिलती है।

श्री त्र्यंबक पंत इतने उदार थे कि जब देश में सूखा पड़ा और लोग भूखों मरने लगे तो उन्होंने अपना कष्ट से कमाया हुआ धन खर्च करके तीन बरस तक अनाज बाहर से मंगवाकर अकाल पीड़ितों को बांटा। इस उदारता में उनकी अपनी आर्थिक स्थिति गिरती गई। छोटे बेटे हरी पंत लड़ाई में मारे गए। इससे वे जीवन से विरक्त हो गये। वे पत्नी और बड़े बेटे गोविन्द पंत के साथ भगवान् के भजन में अपना समय बिताने लगे।

ऐसे समय गुरु गोरखनाथ यात्रा करते-करते आपेगांव पधारे। त्र्यंबक पंत ने उनकी भक्ति भाव के साथ सेवा और सत्कार किया। गोरखनाथ प्रसन्न हुए और उन्होंने उन पर अनुग्रह किया। इस कारण से उनके वंश में भक्ति और अध्यात्म की धारा चलती रही। त्र्यंबक के पुत्र गोविन्द भी बड़े भगवद्भक्त निकले। उनका विवाह पैठण के शंकर भट देवकुले की कन्या नीराबाई से हुआ। पचपन वर्ष की उम्र में उन्हें एक पुत्र हुआ। ऐसी मान्यता है कि नाथपंथ के एक गुरु गहिनीनाथ जब उनके घर भिक्षा लेने गये उन्होंने एक भस्मी दी थी और उसके प्रभाव से नीरा के पुत्र हुआ। गोविन्द और नीरा के पुत्र विट्ठल ज्ञानेश्वर के पिता थे।

'विट्ठल' शब्द महाराष्ट्र में विष्णु के एक रूप के लिए प्रयुक्त है, जिसका मन्दिर पंढरपुर में है। कथा यों है कि भगवान् विष्णु जब अपने भक्त पुंडलीक से मिलने आये तो वह अपने काम में मग्न था। उसने एक ईंट फेंककर कहा, 'इस पर खड़े रहो।' उस इष्टिका या ईंट (मराठी भाषा में 'वीट') पर खड़े-खड़े दोनों हाथ कमर पर रखे, वह विष्णु का अवतार मुग्ध भाव से अपने भक्त का कर्मयोग देखता रहा। इस 'वीट' शब्द से विट्ठल की उत्पत्ति कुछ लोग बताते हैं। परन्तु यह 'विठू' कभी महान् बनता है, कभी विठोबा माउली बनकर सब भक्तों का प्रतिपालन करता है। यह देवता महाराष्ट्र और कर्नाटक दोनों के असंख्य भक्तों द्वारा पूजित है। यहां 'दिंडी' या पालकी लेकर हजारों भागवत आषाढ़ और कार्तिक की एकादशी को तीर्थयात्रा करते हैं। चन्द्रभागा नदी के तट पर आनंद से नाचते-गाते हैं। और वंश, जाति, कुल के भेदभाव भूलकर पंढरीनाथ की पूजा करते हैं। इस देवता के बारे में तीन बातें विचित्र हैं—नाम इसका 'पांडुरंग' (सफेद रंग का) है, पर वह काले पाषाण से निर्मित है; इसके सिर पर तिरुपति के रंगनाथ की तरह एक मुकुट है जो शिवलिंगाकार है। लोग इसीलिए इस मूर्ति को 'हरि-हर' या शिव और विष्णु का समन्वय मानते हैं। और दो हाथ वाली यह मूर्ति कमर पर हाथ धरे धीर भाव से खड़ी विष्णु का बुद्धावतार मानी जाती है। क्योंकि इसके भक्त 'वारकरी' (एक-एक बार या दिन पर भिक्षा-भोजन लेने वाले) अत्यन्त सौम्य और

अहिंसक 'विष्णुदास' हैं। 'वैष्णव जन तो तेणे कहिए जे पीर पराई जाणे रे' (नरसी मेहता)

तुकाराम कहते हैं—"लोण्याहूनि मइ आम्ही विष्णुदास। कठिन वज्रास-कठिन वज्रास भेदूं ऐसे।' संस्कृत के वज्रादपि कठोराणि मृदूनि कुसुमादापि' का यह मराठी अनुवाद है, जिसका अर्थ है—हम विष्णु के दास हैं। जो नवनीत से भी कोमल हैं और वज्र का भी भेदन करने वाली शक्ति जैसे कठिन है।

महाराष्ट्र में विट्ठल-भक्ति की तेरहवीं-चौदहवीं सदी में, जो बड़ी लहर उठी, उसमें ज्ञानेश्वर के समकालीन संत और भक्त सभी जातियों और वर्गों के थे। नामदेव छीपा (शिंपी) या दर्जी था, गोरोबा कुम्हार था, जनाबाई दासी थी, नरहरि सुनार था, सेना नाई था, सावता माली था, चोखा महार या 'ढेढ़' था, कान्हो पात्रा (या 'पंतुरिया') नाचने वाली थी। ज्ञानेश्वर ने बीस बरस की उम्र में जो 9000 ओवी छंद में 'ज्ञानेश्वरी' नाम से अद्‌भुत गीता-टीका लिखी, उसके नौवें अध्याय में वे कहते हैं—

> या लागी पापयोनी हि अर्जुना। का वैश्य शूद्र अंगना।
> माते भजतां सदना। मारझिया होती॥

(अथ—इसलिए हे अर्जुन, पापयोनि कहलाने वाले वैश्य, शूद्र या स्त्रियां भी मेरा यानी ईश्वर का भजन करने से मेरे घर तक यानी विष्णु लोक या ऊंचे स्वर्ग तक आ सकते हैं।)

भक्ति के क्षेत्र में ज्ञानेश्वर की साधना के महत्व से जाति-पांति का भेद-भाव ही नहीं रहा। आज से आठ सौ बरस पहले यह बड़ा काम हुआ। लोकमान्य तिलक ने 'गीता रहस्य' में लिखा है—"समाज के सब वर्गों को मोक्ष का द्वार खुला कर देने से समाज में एक विलक्षण जागृति हो जाती है, इसका स्वरूप महाराष्ट्र में भागवत धर्म के इतिहास से स्पष्ट होता है।"

विट्ठल पंत को इस तरह से गुरु गोरखनाथ के शिष्य गहिनीनाथ का आशीर्वाद मिला और वे तीर्थयात्रा पर चले गए। द्वारावती (द्वारका), पिंडारक

(पोरबंदर), माधवतीर्थ, भालुकातीर्थ, प्रभास (सोरठी सोमनाथ), मुचकुंद गुफा, सप्त श्रृंगी (नासिक), त्यंबकेश्वर, भीमाशंकर होते हुए वे अलंकापुरी (आनंदी) में आए। अब इस वैराग्यशील विद्वान् युवक की कीर्ति वहां के पटवारी सिधोपंत तक पहुंची। सिधोपंत आसपास के चौबीस गांवों के पटवारी थे। उन्हें सदाचारसंपन्न यह शिक्षित युवक बहुत पसन्द आया। उन्होंने उसे अपने घर एक रात ठहरने के लिए आमंत्रित किया।

जिस दिन विट्ठल पंत सिधोपंत के घर ठहरे, उस रात सिधोपंत को भगवान् ने स्वप्न में आकर आदेश दिया कि "अपनी कन्या का विवाह विट्ठल से कर दो। उनकी जो संतान होगी, वह दोनों कुलों का नाम करेगी और दिव्य शक्ति से पूर्ण होगी।"

सबेरे यह बात सिधोपंत ने विट्ठल पंत से कही। विट्ठल ने 'हां' कह दी और जेठ मास में दोनों का शुभ मुहूर्त में विवाह संपन्न हुआ। विवाह के बाद उन्होंने पंढरपुर में एकादशी के महोत्सव में भाग लेने की आज्ञा मांगी और ससुर अपनी पुत्री और जमाई के साथ सपरिवार वहां यात्रा पर गए। सबने प्रेम से विट्ठल के दर्शन किए। ससुर को दामाद की भक्ति-भावना पर बड़ा गर्व था। विट्ठल पंत की पत्नी रुक्मिणी भी सरल स्वभाव वाली, भक्तिपरायण स्त्री थी। परन्तु विट्ठल का ध्यान गृहस्थी से अधिक वैराग्य और भक्ति में था।

दक्षिण में रामेश्वरम् की यात्रा के लिए विट्ठल पंत अकेले ही निकल पड़े। श्री शैल, व्यंकटाद्रि, चिदंबरम् आदि पैदल दर्शन कर वे रामेश्वरम् पहुंचे। वहां पूजन कर कोल्हापुर, पंचगंगा, माहुली (दत्त का स्थान) मार्ग से वे आलंदी लौटे। अब विट्ठल पंत के मन में अपने वृद्ध माता-पिता के दर्शन की तीव्र उत्कंठा जाग्रत् हुई। उनसे मिले उन्हें बहुत वर्ष बीत चुके थे। वृद्ध मां-बाप भी पुत्र का मुख-दर्शन करना चाहते थे। ससुर सिधोपंत भी समधी से मिलना चाहते थे। इस प्रकार वे सब लोग अपने गांव गये। वहां गोविन्द पंत और नीराबाई इनसे मिलने के लिए उत्सुक थे। अपनी बहू को देखकर वे बहुत प्रसन्न हुए। वहां कुछ दिन आतिथ्य ग्रहण करके सिधोपंत पत्नी सहित अलंकापुर लौट आये।

पिता की आज्ञा के अनुसार विट्ठल पंत ने अपनी गृहस्थी चलाई। साथ में पटवारी (कुलकर्णी) का काम भी करते रहे। फिर भी, उनका झुकाव वैराग्य और भक्ति की ओर ही अधिक था। कुछ काल बाद गोविन्द पंत और नीराबाई का स्वर्गवास हुआ। सिधोपंत यानी विट्ठल के ससुर अपने गांव गये और अपने जमाई और पुत्री को सांत्वना दी। वे विट्ठल रुक्मिणी को पुनः आलंदी ले गए, परन्तु, विठ्ठल की भक्ति-भावना में कमी नहीं आई। हर आषाढ़ी एवं कार्तिकी पूर्णिमा को वे पंढरपुर जाते। रात-दिन भजन में लीन रहते। एक दिन विट्ठल ने अपनी पत्नी से कहा—"मैं संन्यास लेना चाहता हूं।" रुक्मिणी इस तरह से संन्यास लेने से उन्हें सदा रोकती थी, क्योंकि दोनों के संतान नहीं थी। आखिर बार-बार पूछने पर एक दिन चिढ़कर रुक्मिणी ने कह दिया—"हां, गंगा स्नान करने जाइए।" विठ्ठल पंत ने उसका अर्थ लगाया कि पत्नी ने उन्हें संन्यास लेने की अनुमति दे दी है। काशी-प्रयाग में जाकर गंगा नहाने के लिए उसने कहा है। रात को वे चुपचाप उठे और काशी की ओर प्रस्थान कर दिया।

सबेरे उठकर, बहुत खोज हुई, पर विट्ठल पंत कहीं नहीं मिले। विठ्ठल पंत ने काशी में जाकर श्रीपाद स्वामी से संन्यास ग्रहण किया। उन्होंने गुरु को यह नहीं बताया कि उनका विवाह हो चुका है या उनकी पत्नी है। विठ्ठल का नाम चैतन्य स्वामी रखा गया। विट्ठल पंत काशी में श्रीपाद गुरु के आश्रम में ध्यान-पूजन में पूरी तरह जुट गये। जब गुरु ने देखा कि शिष्य चैतन्य मठ का सारा कार्य संभालने के लिए विश्वास पात्र हो गया है, तो उन्होंने मठ की सारी व्यवस्था विटूल अर्थात् चैतन्य स्वामी पर छोड़कर श्रीपाद गुरु रामेश्वर की तीर्थयात्रा पर अकेले चल पड़े।

सहज चिढ़कर कहे वाक्य को विट्ठलनाथ ने गंभीरता से लिया, इस बात का बेचारी रुक्मिणी को बड़ा रंज था। रुक्मिणी अपना शेष जीवन रोज इंद्रायणी नदी में नहाकर अश्वत्थ (पीपल) वृक्ष की प्रदक्षिणा कर जप, तप, सेवा में बिताती थी। श्रीपाद स्वामी वहां आए तो उसने उनके चरणों में झुककर प्रणाम किया। श्रीपाद स्वामी ने बिना यह जाने कि उसका पति कहां है या क्या है, उसे आशीर्वाद दिया 'पुत्रवती भव'। रुक्मिणी बड़ी असमंजस

में पड़ गई। उसने सारा वृत्तांत श्रीपाद स्वामी को सुनाया। वे समझ गये कि जिस भक्त पर उन्होंने अपना अनुग्रह किया, वह चैतन्य स्वामी रुक्मिणी का पति ही है। उन्होंने रुक्मिणी और उसके पिता सिधोपंत से कहा कि हमारे साथ चलो, हम सारा मामला निपटा देंगे। दोनों श्रीपाद स्वामी के साथ काशी गये।

काशी जाकर श्रीपाद स्वामी ने विट्ठल पंत से कहा—"सच-सच बताओ तुम विवाहित थे या नहीं? तुम्हारे कोई संबंधी थे या नहीं?" विट्ठल पंत ने स्वीकार किया कि वह झूठ बोला था। श्रीपाद स्वामी ने उसे अभय दिया और उसके सच कहने पर आश्वासन दिया और कहा—"पत्नी को फिर से स्वीकार करो और गहस्थी को अपनाओ। कोई बात नहीं पश्चात्ताप करके भगवान् की शरण में जाने पर वह तुम्हारी उपेक्षा नहीं करेगा।"

यों सिधोपंत, उनकी कन्या रुक्मिणी और जमाई विठ्ठल पंत वापस आलंदी आए। वहां आने पर वहां की ब्राह्मण जाति ने उसे 'आरूढ़पतित' (पहले संन्यासी बनकर, फिर उस व्रत को छोड़कर पुनः गहस्थी बनना) कहकर उसे जात से बाहर कर दिया। उस समय ऐसे आदमी को खाना या पानी भी नहीं देते थे, उसका मुंह भी नहीं देखते थे। सारे गांव वाले उसका उपहास करते। कुछ लोग उसे विषय लंपट कहने लगे। उसे कोई भी काम नहीं मिल सका। भीख मांगकर वह गुजारा करने लगा। इस दशा में दो-दो वर्षों के अंतर से उन्हें चार संतानें हुईं। शिव महेश ने निवृत्ति के रूप में, विष्णु ने ज्ञानदेव के रूप में ब्रह्मा ने सोपान के रूप में और आदिमाया ने मुक्ताबाई के रूप में उनके घर में अवतार लिया, ऐसा भक्त और भावकों का मानना है।

इनके जन्म वर्ष के बारे में विद्वानों में मतभेद हैं। परन्तु नामदेव, विसोबा खेचर और सच्चिदानन्द बाबा के पदों से पता चलता है कि ईसा की तेहरवीं शती के अन्त में उनका जन्म हुआ। अब ये बच्चे बड़े होने लगे। घर में घोर दरिद्रता थी। सारा गांव उन्हें 'संन्यासी के लड़के' कहकर चिढ़ाता था। ऐसे बालकों को शिक्षा कहां से मिलती? पिता विट्ठल पंत काशी में शिक्षा ग्रहण करके आये थे। वही गुरु थे। निवृत्तिनाथ, ज्ञानेश्वर के बड़े भाई, जब जनेऊ-संस्कार की उम्र के हुए तो अब क्या करें? आलंदी के कर्मकांडी कट्टर ब्राह्मण उसे

जनेऊ नहीं पहनने देते। सो वे त्र्यंबकेश्वर गये। कुशावर्त तीर्थ में स्नान कर वे ब्रह्मगिरि की परिक्रमा का क्रम छह महीने तक करते रहे। एक दिन रात को उन्हें एक बाघ दिखाई दिया। विट्ठल पंत बालकों की रक्षा करने लगे। निवृत्ति रात में कहीं खो गये। निवृत्ति चलते-चलते अंजनी नामक गुफा में गये। वहां देखा तो एक महान् योगी अपने दो शिष्यों के साथ बैठे हैं। मस्तक पर जटा, कानों में कुण्डल, गले में सेल्ही, हाथ में सिंगी हैं और पुंगी धारण किये हैं। उन्होंने सोचा, क्यों न ऐसे योगी से मैं दीक्षा लूं? योगी ने कहा—"श्रीकृष्ण की उपासना करो और भगवान् का नाम संकीर्तन करो। कलि के दोषों से दूर हो जाओगे। जन-साधारण के लिए गीता का अर्थ बताओ।" सात दिन तक निवृत्तिनाथ इस योगी से शिक्षा लेते रहे। इस प्रकार निवृत्तिनाथ ही ज्ञानेश्वर, सोपान और मुक्ताबाई के गुरु बने।

अब विट्ठल पंत गृहस्थी में आ गये तो आलंदी के ब्राह्मणों से वे शुद्धि और प्रायश्चित्त की मांग करने लगे, ताकि पुत्रों को बहिष्कार का कष्ट न सहना पड़े। परन्तु कट्टर ब्राह्मणों ने उनकी एक भी विनती नहीं सुनी। उन्होंने कहा—"तुम्हें अपने पुत्रों का यज्ञोपवीत संस्कार करने का कोई अधिकार नहीं है। तुम्हारे दोष को मिटाने के लिए शास्त्रों में कोई प्रायश्चित्त नहीं है। मृत्यु-दंड ही इसका एकमात्र उपाय है।"

विट्ठल पंत ने ब्राह्मणों की आज्ञा सिर-आंखों पर ली। अपनी पत्नी, पुत्रों और पुत्री को छोड़कर वे सीधे प्रयाग पहुंचे। और गंगा जी की धारा में कूदकर, शरीर त्याग दिया। यह वृत्तान्त सुनकर रुक्मिणी भी प्रयाग गई और उन्होंने भी पति के मार्ग का अनुसरण किया। मां-बाप दोनों के यों शरीर त्यागने पर बच्चे अनाथ हो गये।

शुद्धिपत्र की प्राप्ति

विट्ठल पंत और रुक्मिणीबाई के संयम, तीव्र वैराग्य और त्याग को देखकर आलंदी के ब्राह्मण आश्चर्य से दंग रह गए। ये बच्चे फिर उनके पास गए और उन्होंने पूछा—"जब इतना बड़ा त्याग हमारे माता-पिता ने कर दिया है, तो हमारे ऊपर से यह कलंक अब मिट गया होगा। हमें शुद्धिपत्र

देकर ब्राह्मण मानिए।"

पर कट्टर ब्राह्मणों ने सिर्फ दिखावे के लिए निवृत्तिनाथ से कहा कि "पैठण के ब्राह्मणों से जाकर शुद्धिपत्र ले आओ।"

अब तीनों भाइयों में इस विषय में मतभेद हो गया। निवृत्तिनाथ तो यथानाम संसार से निवृत्त या वैरागी थे। उन्होंने कहा—"यह सब शुद्धि जरूरी नहीं है।"

ज्ञानदेव का मत था कि "वेद-शास्त्र के अनुसार चलना उचित होगा। वेद विदित या वेद विरुद्ध आचरण का संबंध स्व-स्वरूप के बारे में नहीं होता। 'स्व'-स्वरूप में न भेद है, न अभेद। परन्तु वेदोनारायण (ब्राह्मण निर्णायकों) का यह मत है कि विधिरहित आचरण निंदनीय है। जातिधर्म के अनुसार अपने-अपने वर्णाश्रम धर्म के अनुसार आचरण करना चाहिए। वही शुद्ध धर्म है। अपने कुलाचार का पालन करना चाहिए। चाहे 'स्व'-स्वरूप का अनुभव हुआ हो; फिर भी, व्यवहार में शास्त्र के विरोध में नहीं चलना चाहिए। निवृत्ति जी, यही धर्मशास्त्र की रीति है।"

ज्ञानदेव का कहना था कि हमारे जनेऊ आदि संस्कार विधिवत् हों। हमारा चाल-चलन वेद से बाहर न हो।

तीसरे भाई सोपानदेव यह मानते थे कि "भक्ति के अवलंबन से भगवान् के भक्तों में एकता आती है। परन्तु जाति तो अपनी जगह रहती ही है। वह नहीं टलती।" इसलिए उनके हिसाब से शुद्धिपत्र की झंझट में न पड़कर भक्ति को अपनाएं। व्यास और वाल्मीकि की कौन-सी ऊंची जाति थी।

ये मतभेद होते हुए भी तीनों भाई हृदय से एक थे। इस संवाद के बाद यह तय हुआ कि वे आलंदी के ब्राह्मणों से परामर्श करें; इस तरह से इस मामले में कि संन्यासी पुत्र, जो आरूढ़ पतित कहलाते थे, उन्हें शुद्धि का, पश्चात्ताप का अधिकार है या नहीं, और वे यज्ञोपवीत पहन सकते हैं। या नहीं? आलंदी के कट्टर ब्राह्मणों ने एक पत्र इन भाइयों को दिया कि वे जाकर पैठण या प्रतिष्ठानपुर के ब्राह्मणों से पूछें।

पत्र लेकर निवृत्ति, ज्ञानदेव, सोपान और मुक्ताबाई—चारों भाई-बहन—धीरे-धीरे अपना रास्ता काटते हुए गोदावरी नदी के तट पर

प्रतिष्ठानपुर जा पहुंचे। स्नानादि करके वे गांव में गए। निवृत्ति से पत्न मिलने पर उन्होंने उन भाइयों की सारी कहानी सुनी।

थोड़े दिनों वाद प्रतिष्ठानपुर के ब्राह्मणों ने एक सभा बुलाई। उसमें नगर के बड़े-बड़े वेदशास्त्र-ज्ञान संपन्न ब्राह्मण उपस्थित थे। उनके सामने आलंदी के ब्राह्मणों का पत्न विचारार्थ रखा गया। पंडितों ने बहुत-से ग्रंथ छाने परन्तु उन्हें भी किताबों में प्राप्त वर्णनों से समस्या का कोई हल नहीं मिला। सचमुच समस्या नई थी और जटिल भी।

अब निवृत्ति आदि चारों भाई-बहन पंडितों की ओर उत्सुकता एवं आशा से देखते हैं कि कोई समाधान मिले। दूसरी ओर ब्राह्मण सभा के पंडित आपस में बहस कर रहे हैं। पंडितों ने बहुत विचार करके जो निर्णय दिया वह नामदेव के अनुसार :

नाही प्रायश्चित्त उभय कुल भ्रष्ट
बोलियेसे श्रेष्ठ पूर्वापार ॥1॥

या एक उपाय आने शास्त्र मतें।
अनन्य भक्ति ते अनुसरावें ॥2॥

तीव्र अनुतापें करावें भजन
गो खर आणि श्वान वंदोनिया ॥3॥

(अर्थ—प्राचीन काल से श्रेष्ठजन कहते आए हैं कि दोनों कुल भ्रष्ट हो जाने पर उसका कोई प्रायश्चित्त नहीं है। किंतु शास्त्र के मतानुसार एक उपाय है और वह है अनन्य भक्ति करना। गाय, गधा और कुत्ते को समत्व बुद्धि से देखने से यानी प्राणीमात्न में आत्म-तत्त्व भरा है, यह मानने से, भक्ति में पगे रहना ही उचित है।)

यह बात गीता के 'शुनिचैव श्वपाके च पंडितः समदर्शिनः' में कही गई थी। यही बात सब भाषाओं के संतों-भक्तों ने कही है।

यह निर्णय सुनकर बालकों को परम आनन्द हुआ। वे अब तक भक्तिपूर्वक जीवन व्यतीत कर ही रहे थे; उसी पवित्न आदर्श से वे आगे भी जीवन बिताएंगे। एक तरह से यह पारमार्थिक दृष्टि से उनकी विजय थी।

परन्तु कुछ सनातनी ब्राह्मण शरारती थे। उन्होंने पूछा, "तुम्हारे जो ये नाम रखे गए हैं, उनका अर्थ क्या है?"

निवृत्ति ने कहा—"मैं दुनिया की झंझटों से निवृत्त यानी अलग होकर अखंड सुख और आनन्द पाता हूं।"

ज्ञानेश्वर ने कहा—"मैं वस्तु का सच्चा और वास्तविक ज्ञान पा रहा हूं। वही सबको देता हूं।"

सोपान बोले—"मैं एक सीढ़ी हूं यानी परमात्मा तक पहुंचने का भक्ति और भजन का तरीका बताना चाहता हूं।"

मुक्ताबाई बोली—"त्रिभुवन के ईश की लीला बताने और मुक्ति देने के लिए मुझे इस पृथ्वी पर भेजा गया है।"

उन ब्राह्मणों ने उनके इस तरह से अपने नाम का अर्थ बताने पर भी मजाक उड़ाया। उधर से एक भैंसा जा रहा था। उसे देखकर उन्होंने ताना कसा—"अरे नाम में क्या रखा है? उस भैंसे का नाम भी 'ज्ञान' रख दिया है। तो क्या वह वेद पढ़ सकता है?"

ज्ञानेश्वर को लगा कि यह ताना उन्हीं पर हैं। उन्होंने तुरन्त उत्तर दिया—"ठीक है, नाम-रूप पर मत जाइए। उस भैंसे की और मेरी आत्मा एक है।"

दुष्ट ब्राह्मणों ने कहा—"अच्छा, देखते हैं।" यह कहकर उस भैंसे की पीठ पर कोड़े बरसाना शुरू किया।

आश्चर्य यह हुआ कि कोड़े भैंसे की पीठ पर बरसते थे और उसके निशान ज्ञानेश्वर की पीठ पर उभरते। यह चमत्कार देखकर चकित हुए कट्टर ब्राह्मणों ने उनकी परीक्षा लेनी चाही। वे बोले—"अगर भैंसे के मुंह से वेद बुलवाकर दिखाओगे तो हम तुम्हारी बात मानेंगे।"

नामदेव ने अपने पद में लिखा है—"शंकालु ब्राह्मणों ने कहा—'अजी ज्ञानेश्वर ! तुम कहते हो कि भैंसे की और तुम्हारी आत्मा एक है। तो उस भैंसे के मुंह से वेद पढ़वाओ या फिर तुम चुप हो जाओ। झूठ बोलने का तुम्हें कोई अधिकार नहीं।' " ज्ञानदेव ने विनयपूर्वक ब्राह्मणों को अभिवादन किया और अपने गुरु से प्राप्त विद्या के बल से उस भैंसे के सिर पर हथेली रखकर उसे आदेश दिया—"वेद बोलो ! प्रणव के मूल

शब्द ओंकार का उच्चारण करो।"

ज्ञानदेव का कहना था कि भैंसे ने उपन्यासयुक्त सांग विधिवत् वेद बोलना शुरू किया, "अ-उ-म्..."

वह अद्भुत दृश्य देखकर सब कट्टर ब्राह्मण चकित हो गए। तीनों बालकों 'निवृत्ति, ज्ञानदेव और सोपान' को 'महेश, विष्णु, ब्रह्मा' मानकर उन्होंने प्रणाम किया। सब ब्राह्मण ज्ञानेश्वर के पैरों से लिपट गए और क्षमा मांगने लगे। उनका अहंकार गल गया। ज्ञानदेव ने कहा—"आप बड़े हैं। सकल तीर्थ जैसे हैं।"

ज्ञानदेव की विनयवाणी सुनकर ब्राह्मण-सभा के सदस्य सभा विसर्जित करना भूल गए। इन संन्यासी पुत्रों को शुद्धिपत्र देना भी वे भूल गये। तीनों भाई और बहिन प्रतिष्ठानपुर में कुछ दिन रहे। वे अपने साथ में 'गीता संबोधिनी' सदा रखते थे। भोगावती नदी में स्नान आदि के बाद कालिका के दर्शन करके वेदांत पर परिमित व्याख्यान देते, रात को हरिकीर्तन और पुराणों पर प्रवचन करते।

उसी समय एक और चमत्कार हुआ। किसी गृहस्थ ने अपने पितरों के श्राद्ध के दिन ज्ञानेश्वर को आमंत्रित किया। ज्ञानेश्वर के पितरों को 'पितृभिरागदव्य' कहने पर साक्षात् पितर अपने-अपने स्थान पर आकर बैठ गए और उन्होंने उस गृहस्थ की पूजा को स्वीकार किया। यह देखकर लोग अवाक् हो गए। वे कहने लगे— "ये तीन भाई तो तीन देवता हैं। ये परलोक पार करने वाली नौकाएं हैं। इनको क्या प्रायश्चित्त दिया जाए और वह देगा भी कौन?" उन्होंने यह सब लिखकर निवृत्ति को शुद्धिपत्र दिया। निवृत्ति ने उन ब्राह्मणों को साष्टांग नमस्कार किया।

ज्ञानेश्वर ने वह भैंसा ब्राह्मणों से मांग लिया। यूं प्रतिष्ठानपुर की यात्रा सफल हुई।

कुछ चमत्कार

अब वे यात्रा करते हुए, श्रीकृष्ण-भक्ति का प्रसार करते हुए नेवासे गांव में आए। नेवासे प्रवरा नदी के किनारे बसा गांव है। प्रतिष्ठानपुर से यह दस मील की दूरी पर है। यहां अमृत कुंभ हाथ में लेकर देवों को अमृत बांटने

वाली मोहिनी के रूप में विष्णु का मंदिर है। इस अर्द्धनारी-नटेश्वर के हाथों में कंगन और बदन पर चोली है। 'मोहिनीराज' उस देवता का नाम है। उसे ही महालया या म्हालसा कहा जाता है। उस देवी के 'निवास' के कारण गांव नेवासे कहलाता है।

यहां एक और चमत्कार हुआ। गांव के पटवारी बहुत बीमार थे। बेहोश पड़े थे। उन्हें मरा हुआ समझकर उनकी अर्थी निकल रही थी। उनकी पत्नी पति के साथ चिता में जलकर 'सती' होने के लिए शव के साथ ही शवयात्रा में चल रही थी। इन साधुओं को आते देख उस स्त्री ने उन्हें प्रणाम किया। उस पटवारी का नाम था सच्चिदानंद।

ज्ञानेश्वर ने कहा कि जिसका नाम ही 'सत् चित् आनन्द' है, वह मर कैसे सकता है?

यह वाक्य ज्ञानेश्वर के मुंह से निकला ही था कि वह मुर्दा पूर्णतः सचेत होकर उठ बैठा। सारा समाज यह देखकर विस्मित हो गया। पतिपत्नी ज्ञानेश्वर के शिष्य बन गए। सच्चिदानन्द बाबा ने पटवारी का काम छोड़ दिया। ज्ञानेश्वर के अपूर्व ग्रन्थ 'ज्ञानेश्वरी' का लेखन-कार्य भी इसी सच्चिदानन्द बाबा ने किया, ऐसी मान्यता है। इस ग्रन्थ को 'भावार्थ दीपिका' भी कहते हैं। निवृत्ति की आज्ञा लेकर ज्ञानेश्वर ने गीता-टीका पद्य में लिखना शुरू किया। सच्चिदानन्द बाबा उनके लिपिकार बने।

नामदेव ने अपनी गाथा में इस ग्रंथ लेखन के बारे में लिखा है—"मेरे ज्ञानराज योगियों में श्रेष्ठ हैं। उन्होंने वेदरूपी बेलि को सबके सामने प्रकट किया। गीता पर उन्होंने आभूषण पहनाया जिसका नाम 'ज्ञानेश्वरी' है। इस ब्रह्मानन्द की लहरें जन-मन में फैली हैं। उन्होंने अध्यात्म-विद्या का रूप बताकर चेतना-शक्ति का दीप जलाया। छप्पन (यानी अनेक) बोलियों की शब्द-संपत्ति का समुचित उपयोग किया। भव-समुद्र से पार होने के लिए यह नौका निर्माण की। जो भी इसे सुनेगा, अखंड सुख पाएगा। नामदेव कहते हैं कि इस ग्रन्थ की श्रेष्ठता इतनी बड़ी है कि यदि कोई इसकी एक ओवी (छन्द) का भी पाठ करके अनुभव करेगा, तो उसके लिए काफी होगा। वह धन्य हो जाएगा।"

नेवासे से ज्ञानेश्वर अपने दोनों भाइयों और बहन के साथ आलंदी

पहुंचे। राह में पूना के 'आले' ग्राम में आए। वहां उनके साथ का भैंसा मर गया। उसकी समाधि बनवाई। ज्ञानेश्वर ने विसोबा खेचर नामक एक अहंकारी संत का राह में गर्व-हरण किया। एक बार ऐसा हुआ कि किशोर ज्ञानेश्वर की कीर्ति तापी नदी के किनारे सिद्धाश्रम में रहनेवाले एक योगी चांगा वटेश्वर तक पहुंची। चांगदेव ने जब यह बात सुनी कि प्रतिष्ठानपुर नगरी में एक बाल-ब्रह्मचारी ने भैंसे के मुख से वेद-पठन करवाया, तो उसकी कीर्ति से आकर्षित होकर शिव जी के उपासक चांगदेव ने चाहा कि ज्ञानेश्वर की परीक्षा ली जाए। अब उसकी समस्या यह थी कि इन बाल्-योगियों को किस तरह से संबोधित किया जाए। वे चांगदेव से उम्र में छोटे थे, पर गुणों में बहुत बड़े। सोचते-सोचते उन्होंने एक कोरा कागज अपनी शिष्य-मंडली के हाथों संदेश की तरह से ज्ञानेश्वर के पास भेज दिया। उस पत्र को पाकर ज्ञानेश्वर ने उस कागज को नमस्कार किया और कहा—"क्या मुझे कोरा कागज ही भेज दिया?" कहकर 65 छंदों में (ओवियों में) उन्होंने उसका उत्तर दिया। 'ज्ञानेश्वरी' और 'अमृतानुभव' के बाद यह छोटी-सी 'चांगदेव पासष्टी' उनकी तीसरी रचना है। इसका परिचय उनकी रचनाओं के सिलसिले में आगे दिया जाएगा।

चांगदेव को रहस्य-भरे इस कवितामय पत्र से कोई मतलब समझ में नहीं आया। तुरन्त वे बड़ी तड़क-भड़क के साथ शेर की पीठ पर सवार होकर, हाथ में सांप का चाबुक लेकर, अनेक शिष्यों के साथ चल पड़े। ऐसे विकराल योगी को, जिसके मस्तक पर जटाजूट, लाल नेत्र, गले में रुद्राक्ष की मालाएं, एक हाथ में त्रिशूल और दूसरे में सांप, देखकर चांगदेव को लोग रास्ते में डर के मारे प्रणाम करते जाते थे। उन्हें लगा कि अब इस महायोगी के आगे ज्ञानेश्वर हार जाएंगे।

चांगदेव आलंदी के निकट आ गए तब उन्होंने शिष्यों के द्वारा ज्ञानेश्वर को सूचना दी कि वे आ गए हैं। निवृत्तिनाथ ने ज्ञानेश्वर से कहा कि एक महान् योगी अपने पास आ रहे हैं, इसलिए हमारा कर्त्तव्य है कि हम गांव से बाहर कम से कम एक मील दूर जाकर उनका स्वागत करें।

ज्ञानदेव उस समय गुरुदेव निवृत्तिनाथ, बंधु सोपानदेव और बहन मुक्ताबाई के साथ एक टूटी हुई दीवार पर बैठकर गप-शप कर रहे थे। निवृत्तिनाथ की बात सुनते ही ज्ञानदेव ने दीवार को आज्ञा दी कि चल, हम चांगदेव योगी की अगवानी करेंगे। जब यह दीवार चलने लगी तो चांगदेव को बड़ा अचरज हुआ। अचल चीज को चल बनाने वाला यह ज्ञान का ईश्वर कैसा है? चांगदेव का अहंकार मन ही मन में गल गया—"क्या मेरी योग-साधना में कोई कमी है? क्या बेजान चीज पर भी आदमी की चैतन्य शक्ति को इतना अधिकार हो सकता है? हमने इतनी योग-साधना की पर हम तो ऐसा कुछ कर ही नहीं सके। यह शक्ति तो कुछ और ही है। यह कैसा आत्मबल है ! ऐसा योगी त्रिवार धन्य है !"

चांगदेव यू पश्चात्ताप करते हुए ज्ञानदेव के पास आकर उनके चरणों में गिर पड़े और साष्टांग प्रणाम किया। ज्ञानदेव ने उन्हें अभय दिया। बड़ों के स्पर्श मात्र से चांगदेव के हृदय के अहंकार ने उनसे विदा ली। उनके हृदयरूपी आकाश में ज्ञान के सूर्य का उदय हुआ। चांगदेव ने आत्मसमर्पण किया। वे उनके शिष्य बन गए। एक दिन मुक्ताबाई कपड़े उतारकर पानी में नहा रही थी। उसे देखकर चांगदेव की नजर लज्जा से झुक गई। मुक्ताबाई ने कहा कि गुरु की पूरी कृपा तुम पर अभी नहीं हुई है। नहीं तो तुम्हारे मन में पाप की भावना जगती ही नहीं। चांगदेव मुक्ताबाई की योग्यता जानने लगे। मुक्ताबाई ने चांगदेव को महावाक्य का (तत् त्वम् असि—'वह तुम हो') यानी ईश्वर सबमें है, इस बात का उपदेश दिया। चांगदेव देह-बुद्धि से परे होकर ज्ञानदेव के उन पैंसठ छंदों का अर्थ समझ सके जो ज्ञानदेव ने उनके भेजे कागज पर लिख भेजे थे।

इस तरह से ज्ञानेश्वर जैसे पारस का स्पर्श पाकर चांगदेव जैसा लोहा भी सोना बन गया। उसका अहंकार दूर हो गया।

तीर्थयात्रा

ज्ञानदेव ने विचार किया कि भारत के सब तीर्थस्थलों में जाकर भगवान् के नाम का कीर्तन करके भक्ति का प्रचार करना चाहिए। निवृत्तिदेव की आज्ञा लेकर वे सबसे पहले विट्ठल के पवित्र स्थल पंढरपुर गए। वहां उन्हें एक

छीपा (दर्जी) जाति के भक्त नामदेव मिले। उन्हें भी साथ लेकर ज्ञानेश्वर तीर्थ यात्रा पर जाना चाहते थे।

ज्ञानदेव नामदेव के घर गए। ज्ञानदेव को देखते ही नामदेव ने उन्हें प्रेम से साष्टांग दंडवत् किया। दोनों बड़े ही प्रेम से एक-दूसरे से गले मिले। उस समय का दृश्य अपूर्व था। ऐसे ज्ञानी संतश्रेष्ठ मेरे घर आये, यह देखकर नामदेव अपने-आप को परम धन्य मानने लगे। नामदेव ने कहा—"पतितों का उद्धार करने के लिए ही आप इस कलियुग में आये हैं। आपको पाकर हम सचमुच धन्य हुए।"

ज्ञानेश्वर ने उत्तर दिया—"हे नामदेव ! तुम भक्तों के सिरमौर हो। तुमने भक्ति-सुख का पूर्ण अनुभव किया है। संसार के लिए तुम्हारी सारी वासना नष्ट हो चुकी है। इसलिए मेरी इच्छा है कि हम दोनों मिलकर भारत-भर के सब तीर्थ देखें। आपकी संगति का सुख प्राप्त करके मैं अपना जन्म सार्थक कर सकूंगा।"

नामदेव ने कहा : "सब सुख आहे भज पांडुरंगी।
जायें कवणा लागीं कवणा ठायां॥"

(मुझे सारा सुख यहां पांडुरंग के चरणों में पंढरपुर में ही प्राप्त है। इसे छोड़कर मैं और कहां और क्यों जाऊं।) हे ज्ञानदेव ! मैंने कैवल्य-सुख की आशा में संसार के सारे इंद्रिय-सुख छोड़ दिए हैं। संसार के मायाजाल से मैंने अपने-आप को मुक्त कर लिया। भगवान् ने ही मुझे जन्म से पाल-पोसकर बड़ा किया। अब मैंने अपने-आप को मनसा, वाचा, कर्मणा उन्हें ही सौंप दिया है। इसलिए हे स्वामी ! मैं तीर्थ-यात्रा पर आपके साथ जाऊं, यह बात आप भगवान् से ही पूछिये। यदि भगवान् मुझे आज्ञा देंगे, तो मैं उसका निश्चित पालन करूंगा।"

ज्ञानेश्वर और नामदेव दोनों पांडुरंग भगवान् के पास गये। ज्ञानेश्वर ने अपनी बात भगवान के सामने रखी। इस पर पांडुरंग ने स्मित हास्य किया और कहने लगे कि हे ज्ञानदेव, तुम तो स्फटिक के समान अन्तर्बाह्य निर्मल हो, चिद्रूप हो। इस पर आप तीर्थयात्रा के लिए क्यों जा रहे हो? ज्ञानेश्वर बोले, "हे स्वामी ! मैं मानता हूं कि आप सब जगह हो, फिर भी मेरी इच्छा है कि

नामदेव की सत्संगति में पवित्र तीर्थों में जाकर अपने जन्म को सार्थक बना लूं।" ऐसा कहकर ज्ञानेश्वर ने पांडुरंग के चरणों पर अपना माथा नवाया और वे आज्ञा के लिये प्रतीक्षा करने लगे।

पांडुरंग ने ज्ञानदेव की ओर संकेत किया और नामदेव से कहा कि स्वयं परमेश्वर ज्ञान और नाम की संगति की इच्छा करता है। यात्रा पर सुख से जाओ और शीघ्र लौटकर आओ। ज्ञानेश्वर की संगति का जितना लाभ तुम उठा सकोगे, हे नामदेव, उतना ही अच्छा।

ज्ञानेश्वर से पांडुरंग ने कहा—"नामदेव को मैं तुम्हें सौंपता हूं। पर नामदेव मुझे बहुत प्रिय है। क्षण-भर भी मैं उसे अपने से दूर नहीं कर सकता। पर तुम्हारा मुझे भरोसा है।" स्वयं पंढरीनाथ ने नामदेव का हाथ पकड़कर ज्ञानदेव के हाथों में दिया और यात्रा के लिए प्रस्तुत होने की अनुमति दी। भगवान् के चरणों पर दोनों ने माथा नवाया और दोनों चल पड़े।

उन्होंने पवित्र नदी चंद्रभागा में पहले स्नान किया। दोनों ने महान् भक्त पुंडरीक के दर्शन किये। फिर उन्होंने भीमा नदी पार की। नामदेव के जाने से स्वयं पांडुरंग बड़ा वियोग अनुभव करने लगे। भगवान् और भक्त, कर्म और वचन अविभक्त होते हैं। भगवान् रुक्मिणी से कहने लगे —

वाटतें जड भारी नाम्याच्या वियोगें
दाटले उद्वेगें चित्त माझे।

(नामदेव का वियोग बहुत भारी लग रहा है। उद्वेग से मेरा चित्त भर उठा है) नामदेव के बिना दूसरा कुछ भी अच्छा नहीं लगता है, इसकी मुझे बड़ी चिंता है।

नामदेव और ज्ञानदेव दोनों रास्ते में चल रहे हैं। ज्ञानदेव अपनी आत्मा की खोज में मस्त हैं, नामदेव का चित्त पांडुरंग में निमग्न है। नामदेव हरदम पीछे पंढरी की ओर देखते जाते हैं। पंढरीनाथ का वियोग सहा नहीं जाता। वे कहते हैं—"ज्ञानदेव! पांडुरंग की बात क्या कहूं? उनके जैसा प्रिय स्वामी मुझे अब

नहीं दिखाई देता है। परदेश में आने के कारण बड़ी चिंता हो रही है।''ज्ञानदेव ने नामदेव से सांत्वनापूर्ण मीठे शब्दों में कहा कि "भगवान् तो तुम्हारे हृदय में ही है। समझ में नहीं आता कि तुम वियोग की आग में किसलिए तड़प रहे हो। सावधान होकर सोचो भक्तराज, तुम्हारा आनंद सुख-कंद तो तुम्हारे पास ही है।" नामदेव का कंठ गद्गद हुआ। मां से बिछुड़ा हुआ बच्चा जैसे बिलखता है वैसी नामदेव की दशा हो गई। कहने लगे—"तुम स्वामी के दर्शन कराओ। मैं उन्हें तुम्हारी दृष्टि से देखना चाहता हूं। मैं औरों से कोई उम्मीद नहीं करता। मैं उन्हें फिर से देखना चाहता हूं। उनके चरणकमलों में ही मेरी गति है।" ज्ञानदेव नामदेव के एकनिष्ठ भाव को देखकर चौंक पड़े। उन्हें साधुवाद देने लगे। नामदेव ने कहा, "भगवान् पांडुरंग ही मेरे सुख का विश्राम हैं। इसीलिए वे मुझे अत्यंत प्यारे लगते हैं।"

ज्ञानदेव ने नामदेव से पूछा—"ऐसे अनन्य भक्तिभाव की कुंजी कहां है?" नामदेव ने कहा—"भगवान् के निःस्वार्थ भजन में।" फिर से ज्ञानदेव ने पूछा—"यह भजन किस विधि से किया जाता है। मैं उसे सीखना चाहता हूं। मैं स्वयं आपकी तरह सुख पाने के लिए उत्कंठित हूं। मेरा समाधान करो। भजन, नमन, ध्यान, श्रवण, मनन, भक्ति आदि के बारे में अपना अनुभव मुझे बताओ। बताने में कोई संकोच मत करो।"

नामदेव ने नम्रतापूर्वक कहा—"मैं तो पंढरीनाथ का एक सामान्य सेवक हूं। मुझमें इतनी बातें बताने की शक्ति कहां है? मैं पंडित नहीं हूं, न मैंने बहुत पढ़ा या सुना है। मैं आप जैसे वैष्णवों का दास हूं।"

ज्ञानदेव बोले—"नामदेव ! मुझ जैसे जिज्ञासु पर कृपा-दृष्टि र खो। नामदेव, यही तुम्हारी विजय है। मेरा समाधान करने वाले एकमात्र तु म ही हो। मैं अच्छी तरह समझ चुका हूं कि तुम्हारी भक्ति केवल आडं बर नहीं है।" ज्ञानदेव आगे बोले कि "तुम अंदर और बाहर से सच्चे भक्त हो। तुम्हारी बहुलता का पार नहीं है।"

ज्ञानदेव के वचन सुनकर नामदेब प्रेम से उमड़ पड़े और अनायास उनके मुंह से अनुभव की बातें निकल पड़ीं। अपने पद में नामदेव लिखते हैं। कि भक्ति के बिना कर्म और धर्म बेकार हैं। फिर वे अपने 'तीर्थावली अभंगों में

ये नौ तरह की भक्ति का मर्म समझाते हैं :

(1) **भजन :** इसका अर्थ है सब प्राणियों के लिए दया का भाव रखना और अहंकार को छोड़ देना।

(2) **नमन :** जिससे अन्तःकरण में आनंद का प्रकाश रहे और दूसरों के गुणदोषों की ओर दृष्टि भी नहीं जाये। भक्त परमान्मा के चरणों में नतमस्तक रहे।

(3) **ध्यान :** भगवान् को विश्व की हर वस्तु में देखा जाए और विकार छोड़कर भगवान् का स्मरण किया जाए।

(4) **श्रवण :** जैसे संगीत को सुनकर हिरण मुग्ध हो जाता है, वैसे ही भगवान् की कथा सुनने से चित्त तादात्म्य अनुभव करे।

(5) **मनन :** कंजूस जैसे हमेशा लाभ की बात सुनता है, उसी तरह भक्त सदा आत्म-लाभ की बात में ही मन लगाये रहे।

(6) **अनुसंधान :** जैसे कोशकीटक सामने आने वाले हर छोटे कीट को खोजता रहता है और आत्मस्थ बना लेता है, वैसे ही भगवान् के स्वरूप में एकरूप होना चाहिए।

(7) **भक्ति :** सब रूपों में भगवान् का चिंतन करना, प्राणी मात्र में उसी का रूप देखना और गुणातीत होकर उसका प्रेम प्राप्त करना चाहिए।

(8) **धृति :** सात्त्विक, एकनिष्ठ, तीव्र विरागयुक्त, देहबुद्धिरहित होकर विकाररहित बनाने को 'धृति' कहते हैं।

(9) **विश्रांति :** मन जब सारी वासनाओं और संकल्पों से परे होकर, गोविंद में ध्यान लगाता है, उसे विश्रांति कहते हैं।

ये सब पद सुनकर ज्ञानेश्वर बहुत प्रसन्न हुए। नामदेव जैसा भक्त कोई और नहीं है, ऐसा उन्होंने विचार किया। वे पंढरपुर से सोमनाथ प्रभास गये और अयोध्या, मथुरा, माया, काशी, कांची, अवंतिका इन सप्ततीर्थों में गये।

उनकी यात्रा का एक मनोरंजक प्रसंग यों है। मारवाड़ में घूमते हुए मारे प्यास के वे बहुत व्याकुल हो गये। पास में जो कुआं था, वह बहुत गहरा होने से उसमें उतरना कठिन था। उनके पास पानी प्राप्त करने के

लिए कोई दूसरा साधन नहीं था। प्यास से दोनों तिलमिला रहे थे। ज्ञानेश्वर ने कहा कि मैं लघिमा सिद्धि यानी छोटा या बहुत सूक्ष्म बनकर नीचे उतरता हूं और पानी ऊपर ले आता हूं। नामदेव को यह बात अच्छी नहीं लगी। वे बोले, "हर आत्मा में विट्ठल (भगवान्) हैं तो उन्हें क्यों हमारी चिंता नहीं है?"

ज्ञानेश्वर से नामदेव ने धीरज रखने को कहा। और स्वयं विट्ठल और रखुबाई (विष्णु और रुक्मिणी) की प्रार्थना करने लगे। इतनी प्रार्थना की कि एक चमत्कार हुआ—उस कुएं में पानी समुद्र के तूफान की भांति ऊपर उछलकर आ गया। कुआं पानी से एकदम भर गया और पानी ऊपर आ गया। ज्ञानेश्वर ने यह दृश्य देखकर नामदेव से कहा—"धन्य है भगवान् की लीला। हे नामदेव ! तुमने भगवान् को किस तरह से वश में कर लिया है !" ज्ञानेश्वर नामदेव के चरणों पर गिर पड़े।

इस तरह से तीर्थ-यात्रा करके ज्ञानेश्वर और नामदेव लौटे। रास्ते में उन्होंने कई संतों का सत्संग लाभ किया। लौटकर घर आने पर सब संतों का समागम चंद्रभागा के तट पर हुआ। तीन भाई ज्ञानेश्वर और बहन मुक्ताबाई के साथ सार्वता माली, जगमित्र नागा, असुंद सुदामा, विसोबा खेचर, नरहरी सुनार, चोखा मैला, बंका महाद, गोरा कुम्हार आदि अनेक जातियों और व्यवसायों के सभी विट्ठल-भक्त जमा हुए। अखंड कीर्तन हुआ। स्वयं भगवान् वहां रूप बदलकर अतिथियों की अगवानी और आवभगत करने के लिए पधारे। नामदेव की प्रशंसा करके स्वयं जूठन-सेवन करते हुए भगवान् ने कहा—मेरे नामदेव ने काम, क्रोध सब विकार जीतकर खुद मुझे अपने हृदय में बसा लिया है। इस भक्त की जूठन खाकर मुझे ब्रह्म-रस का आनंद मिल रहा है। भगवान् ने सारी संतमंडली से कहा कि इस समारोह में संसार के विभिन्न ज्ञान के समस्त अधिकारी और बाल्य-रूप ज्ञानेश्वर आपको उपदेश करने के योग्य हैं। आप उन्हें सुनकर दृढ़ भाव से भक्ति करें। उसी से आपका भला होगा।"

यह सुनकर ज्ञानेश्वर ने भगवान् पंढरीनाथ, गुरु निवृत्ति और अन्य भक्तों को प्रणाम किया और विनम्र भाव से यह पद कहा—"प्रेम की थाली में अमृत रूपी भक्तिरस परोसा गया है। इसका सेवन तुरंत कर लो, फिर

ऐसा मौका कभी नहीं मिलेगा। अनंत कोटि ब्रह्मांड नायक की कला में वह चतुराई है कि चराचर सकल वस्तुओं और भगवान् में भिन्नत्व नहीं मानता। यही वेदांत का सार है कि वह एक है और वह अद्वितीय है यानी उस जैसा दूसरा कोई नहीं। भगवान् का कीर्तन करने जैसा ब्रह्म में समा जाने, उससे एकाकार (तदाकार) होने का दूसरा मार्ग नहीं है। इसलिए अपने सब संदेह और आपस के भेद मिटाकर बड़ी लगन से संतों की शरण में जाओ।" इस तरह से यह संत-समागम भगवान् की जय-जयकार 'विट्ठल जय-जय' ध्वनि से समाप्त हुआ।

इसी यात्रा में ज्ञानेश्वर ने विविध विषयों पर 'अभंग' छंद में पद लिखे। इनमें उनकी यात्रा-अनुभव की ही बातें वर्णित हैं। इसी ज्ञानेश्वर-नामदेव के समय महाराष्ट्र में 'वारकरी संप्रदाय' या 'भक्ति-पंथ' का उदय हुआ।

निवृत्ति, ज्ञानदेव, सोपान, मुक्ताबाई इस संत-महोत्सव के बाद वापिस आलंदी आ गये।

समाधि

आलंदी या अलंकापुरी पहुंचकर ईश्वर भजन में ज्ञानेश्वर का कुछ समय अच्छा बीता। कार्तिक सुदी एकादशी के महोत्सव में सब पंढरपुर पहुंचे, हर साल की तरह महोत्सव में सम्मिलित होने के लिए परंतु उस स्थान के सनातनी कट्टर लोगों ने इन संन्यासी-पुत्रों को सवर्ण ब्राह्मण मानने से इनकार किया। उन्होंने कहा कि ज्ञानेश्वर को जीवित समाधि लेनी पड़ेगी। ज्ञानेश्वर अपना बड़ा ग्रंथ 'ज्ञानेश्वरी' लिख चुके थे। इतनी छोटी उम्र में इतना बड़ा और इतना सशक्त महाकाव्य ! प्रतिभा के इस उन्मेष से भी वहां छोटी जगह के लोग जल रहे थे। सो उसी कार्तिक वद्य त्रयोदशी को आलंदी में ज्ञानेश्वर ने समाधि ली।

सुख-स्वरूप ज्ञानेश्वर समाधिस्थ होने जा रहे हैं, यह जानकर नामदेव को भावी वियोग से बड़ा दुःख हुआ। उन्होंने समाधि के 'अभंग' लिखे हैं। संसार से निवृत्त निवृत्ति की भी आंखें डबडबा आईं। छोटे सोपान और

मुक्ताबाई भी रो पड़े। पांडुरंग की वंदना करके वे सब भाई-बहन आलंदी लौटे।

ज्ञानेश्वर समाधि लेंगे, यह समाचार संतों को ज्ञात होने पर उनको भी विरह सताने लगा। सब संत भजन-मेला के समय हाथ में पताकाएं लेकर वहां पहुंचे। ज्ञानेश्वर की सजीव समाधि के समाचार सुनकर वे सब देखने आये। आलंदी के पवित्र इंद्रायणी के तीर पर सिद्धेश्वर का विख्यात प्राचीन मंदिर है। यह विश्वास किया जाता है कि उस शिव मंदिर के नंदी के नीचे विवर में नामदेव के पुत्रों ने उस स्थान को साफ किया। वह स्थान आज भी एक 'अजान-वृक्ष' के पास है। सब संतों ने मिलकर ज्ञानेश्वर की सोलहों उपचारों से विधिवत् पूजा की। ज्ञानेश्वर पर कोई भी प्रभाव नहीं था बाहर के सुख-दुख का। वे अंतर्मुख थे। सब लोग गद्‌गद होकर कहने लगे, "भविष्य में शायद ही ऐसा अवसर कभी आवेगा। आज तक अनेक भक्त हो गये और भविष्य में भी होंगे, पर निवृत्तिज्ञानेश्वर जैसे ज्ञानी, महात्मा और समस्त जन-समाज की सेवा करने वाले भक्त इस पृथ्वी पर फिर नहीं होंगे।"

इसके बाद ज्ञानेश्वर ने भगवान् की प्रार्थना की जो एक सौ नौ 'ओवी' छंदों में है। भगवान् की स्तुति पूरी करके उन्होंने पांडुरंग के चरणों पर अपना माथा नवाया। फिर वे अपने गुरु और बड़े भाई निवृत्तिनाथ की शरण में गये और उन्होंने अपने-आप को कृतार्थ कर लिया। विनम्र भाव से बोले—"हे गुरुवर ! आपने मुझे पाला, पोसा और बड़े ही लाड़-प्यार से मुझे पढ़ाया। आप ही के कारण से आज भगवान् के स्वरूपांकार होने की क्षमता मुझमें आ गई और मैं इस माया नदी को पार कर सका।" इसे सुनकर गुरु निवृत्तिदेव का हृदय पिघल गया। उन्होंने अपने उत्तम शिष्य का मस्तक प्रेम से सूंघा। दोनों भाई गले मिले। निवृत्तिदेव का गला भर आया। उन्होंने वहां उपस्थित सज्जनों से कहा :

"आज तक ज्ञानेश्वर ने कभी मर्यादाहीन आचरण नहीं किया और इसीलिए वे अपनी शिष्यत्व की कसौटी पर खरे उतरे। उन्हीं के कारण अमृतवर्षिणी भगवद्‌गीता का गूढ़ार्थ सामान्य जनता को मराठी भाषा में

सुलभ हो सका। मुझे इस बात का संतोष हुआ कि विद्वान्, वेद जानने वाले पंडित जो काम अधूरा छोड़ गये या कर ही न सके, उसे ज्ञानेश्वर ने पूरा किया। अब मेरी आंखें भर उठीं।"

निवृत्तिदेव के इन वचनों से सब संतों की आंखों से प्रेम के आंसू बहने लगे। समाधि में बैठने का समय समीप आ रहा था। समाधि-स्थान शुभ्र वस्त्र के आसन, बिल्व, तुलसीदल आदि पवित्र पल्लवों और सुगंधित पुष्पों से सजाया गया। भागीरथी गंगा और सब नदियों का पवित्र जल उन पर छिड़का गया। निवृत्तिदेव ज्ञानेश्वर को समाधि-स्थान पर ले गये। ज्ञानेश्वर आसन पर विराजमान हुए। 'ज्ञानेश्वरी' सम्मुख रखी गयी।

ज्ञानेश्वर ने श्री पांडुरंग के चरणों में प्रार्थना की और कृतज्ञता व्यक्त करते हुए कहा कि "आपकी कृपा से ही मैंने सुख पाया है। अब प्रार्थना है कि मुझे आपके चरणकमलों के पास ही निरंतर स्थान मिले।" पांडुरंग और वहां उपस्थित समस्त सज्जनों का तीन बार वंदन करके उन्होंने अपनी आंखें मूंद लीं। कार्तिक वद्य त्रयोदशी, सन् 1296 को मध्याह्न के समय इक्कीस बरस की छोटी उम्र में आंखें मूंदकर उस निरंजन रूपी मैदान में 'भीममुद्रा' (योगशास्त्र का एक शब्द) लगा ली। निवृत्तिदेव ने स्वयं उस पर शिला रख दी। सब संतों ने उच्च स्वर से ताली बजाकर ज्ञानेश्वर का जय-जयकार किया। उस उच्च स्वर से सारा गगन विनादित हो उठा।

नामदेव बोले—"इनके समाधि लेने से ज्ञानरूपी दिनकर अस्त हो गया।"

सब संतों ने आंसू-भरी आंखों से समाधि का वंदन किया। निवृत्ति की शिला लगाने पर मनःस्थिति विचित्र हो गई। उन्होंने कहा :

"देह जाने से पहले मेरा प्राण गया।" उन्होंने ज्ञानदेव की समाधि पर फूल चढ़ाये। और कहा :

गया म्हणे देवा ज्ञानदेव सृष्टि
पडेल का दृष्टि पुनः आता
संत अंतरला सखा झाला दूर
आता पंढरपुर कैसे कंठू

(हे पांडुरंग ! क्या ज्ञानेश्वर को फिर से कभी हम अपने नेत्रों से देख सकेंगे? हमारा सखा बिछुड़ गया, वैसे ही हम श्रेष्ठ संत से हाथ धो बैठे। अब मैं अपना समय पंढरपुर में किस प्रकार व्यतीत करूं !)

इस सारे दृश्य को देखकर भगवान् भी द्रवित हुए। श्रद्धालुओं का विश्वास है कि कार्तिक मास के कृष्ण पक्ष में भगवान् विठ्ठल और उनके भक्त पुंडलीक आलंदी में ही प्रतिवर्ष वास करते हैं।

पहले नामदेव ने और बाद में बारी-बारी से संतों ने ज्ञानेश्वर की समाधि पर फूल चढ़ाये। नौ दिन तक कीर्तन महोत्सव होता रहा। तदनंतर सब लोग आलंदी से लौट गये।

पुणे से तेरह मील दूर पर सिंहगढ़ की तलहटी पर एक पुराना देवी-मंदिर है। वहां कुछ दिन बिताये। फिर सब इंद्रनील पहाड़, पुरंदरगढ़ के पास कन्हा नदी के किनारे बसे हुए संवत्सर (सासवड) गांव में कुछ समय ठहरे। वहां सोपानदेव का स्वर्गवास हुआ फिर वहीं उसी साल पुणतांबे में चांगदेव का स्वर्गवास हुआ ! उसके बाद निवृत्ति और अन्य संत नेवासे आये। ज्ञानेश्वर के अभाव में सब व्याकुल थे। निवृत्ति मुक्ताबाई के साथ नामदेव को लेकर आपगांव गये। वहां त्र्यंबक पत की समाधि का दर्शन करके वे दौलताबाद (बेरूल) में घृण्णेश्वर का दर्शन करने गये। इसी यात्रा में कष्ट सहन करते-करते ज्ञानेश्वर-समाधि के चार महीने बाद मुक्ताबाई भी खान देश में एदलाबाद से दो मील दूर माणेगांव में वैकुंठ वासिनी हो गई यानी स्वर्गवासी हो गईं। उस समय बहुत जोरों से बिजली कड़की। ज्योति में ज्योति विलीन हो गई। पांच महीनों के भीतर तीनों भाई, बहिन और नामदेव भी स्वर्गवासी हो गये।

ग्रंथ

ज्ञानेश्वरी

ज्ञानेश्वर का नाम उनके सबसे बड़े ग्रंथ 'ज्ञानेश्वरी' के लिए विख्यात है। यह मराठी भाषा का विगत सात सौ वर्षों में सबसे बड़ा ग्रंथ माना जाता है। इसमें काव्य और दर्शनशास्त्र दोनों का संगम है। उपमा, उत्प्रेक्षा, दृष्टांत

आदि अलंकारों से भरा, शांतरस का यह उत्तम महाकाव्य है। 1290 ईस्वी में भगवद्गीता के अट्ठारह अध्यायों पर नौ हजार ओवियों की जो पद्यात्मक टीका मराठी संत-कवियों की परंपरा में ज्ञानेश्वर ने लिखी, वह अभूतपूर्व है। बीस बरस की उम्र में दर्शन शास्त्र के गहन तत्त्वों को इतनी सरल और रसमय भाषा में व्यक्त करने वाला और कोई ग्रंथ मराठी में ही क्या, अन्य किसी भारतीय भाषा में नहीं है।

फादर स्टीफन्स नामक ईसाई मिशनरी इंग्लैंड से सन् 1579 में गोवा आया। और वहीं रहा। उसने 'ज्ञानेश्वरी' की ही शैली में, उसी ढंग पर 'ख्रिस्त-पुराण' लिखा, जो 1604 में छपा, तीन संस्करण हुए 1649 तक। परंतु अब उसकी एक भी प्रति नहीं मिलती। 1907 में इसका एक संस्करण रोमन लिपि में छपा। यह सारा ग्रंथ बिल्कुल 'ज्ञानेश्वरी' के ढंग पर लिखा गया है। उसी तरह से ईसा पर उसने सारे छंद बनाये हैं। 'ख्रिस्त-पुराण' के प्रथम अध्याय से पता चलता है कि उसने ज्ञानेश्वरी जरूर पढ़ी थी। इतना प्रभाव इस अद्भुत-अपूर्व ग्रंथ का महाराष्ट्र में पड़ा कि अन्य धर्मावलम्बी भी उसी शैली में अपना धर्म-प्रचार करने लगे।

इस ग्रंथ में सिर्फ गीता के प्रत्येक श्लोक पर टिप्पणी या भाष्य ही नहीं है, कवि ने अपने अनुभव से उसे कहीं भी शुष्क उपदेशमय नहीं होने दिया है। उसे पूर्ण प्रसाद-गुणयुक्त, प्रवाही शैली में, और फिर भी पांडित्य और कवित्व का अनुपम समन्वय बताने वाला ग्रंथ बनाया है। इसमें सूक्तियां बिखरी पड़ी हैं। यह ग्रंथ विश्व-प्रेम की भावना से ओतप्रोत है। ज्ञानेश्वरी के बारहवें अध्याय की 143वीं ओवी में वे लिखते हैं :

'आप-परु जया नारी'

(जिसे अपना और पराया भाव नहीं है)

और 211वीं ओवी में वे लिखते हैं, "हे विश्वाची माझे घर" (यह विश्व ही मेरा घर है)। वारकरी पंथ में 'ज्ञानेश्वरी' को बड़ा मान दिया जाता है। सारे महाराष्ट्र में घर-घर में 'ग्यानवा तुकाराम', 'ग्यानवा तुकाराम' भजन-घोष होता रहता है। यह भी कहा जाता है कि भक्तिपंथ के मंदिर की महाराष्ट्र में नींव ज्ञानदेव ने पक्की की—"ज्ञानदेवें रचिला पाया।"

इस ग्रंथ की कई विशेषताएं हैं :

(1) इसमें भक्ति और ज्ञान का समन्वय है।

(2) नाथपंथ के शिव-शक्ति में एकाकार होने का जो वर्णन ज्ञानेश्वर अपने दूसरे ग्रंथ 'अमृतानुभव' में देते हैं, उसकी छटा भी इसमें मिलती है।

(3) मराठी भाषा में यह गीता पर पहली छंदबद्ध टीका है।

(4) इसमें मराठी भाषा की महानता पर बहुत बार कहा गया है। मराठी में 'साहित्य का सुवर्ण भंडार' खोलने की प्रतिज्ञा करके यह ग्रंथ लिखा गया।

(5) इतनी छोटी उम्र में यह ग्रंथ लिखा गया। और भी महत्त्व की बात यह है कि उस कवि के सामने ऐसे किसी ग्रंथ का आदर्श पहले से नहीं था।

(6) तेरहवीं सदी में यह लिखा गया जब मराठी भाषा इतनी विकसित भी नहीं थी। परंतु इस ग्रंथ को पूरी तरह पढ़ लीजिये और आपको मराठी भाषा पर अधिकार प्राप्त होगा।

(7) जैसे कहते हैं कि अंग्रेजी भाषा में शेक्सपियर को हटा दें, हिंदी से तुलसी रामायण हटा दें तो कुछ नहीं बचेगा; उसी तरह से मराठी भाषा का यह पेरुमणि-ग्रंथ उस प्रकार के कालजयी साहित्य का पर्यायवाची बन गया है।

(8) ज्ञानेश्वर कहीं भी किसी स्कूल या कालेज में पढ़े नहीं थे। परंतु उनकी विदग्धता एक चमत्कार है।

(8) इतने कम शब्दों में इतना बड़ा प्रभावशाली दर्शन और वह भी इतनी काव्यमयी शैली में शायद ही किसी और ग्रंथ में मिलता है।

(10) इसमें सुभाषित और सूक्तियां भरी पड़ी हैं। हिंदी में कबीर की तरह मराठी में सर्वाधिक उद्घृत कोई ग्रंथ है तो 'ज्ञानेश्वरी' है।

(11) ज्ञानेश्वर और तुकाराम घर-घर में सुपरिचित भक्त प्रवर हो गये। 'ग्यानवा तुकाराम' आलंदी को जाने वाली पैदल तीर्थयात्रा का नाम-घो4 है।

(12) तेरहवीं सदी की मराठी भाषा का यह ऐतिहासिक नमूना है। इस ग्रंथ की कई हस्तलिखित प्रतिकृतियां होती रहीं, और उसमें अनेक अशुद्ध और प्रक्षिप्त भाषा प्रयोग घुस आये। एकनाथ ने 1584 में उसका अंतिम और शुद्ध संस्करण तैयार किया। आजकल जो 'ज्ञानेश्वरी' मानक मानी जाती है वह उसी के आधार पर बनी है। उसमें ज्ञानेश्वर के नाम पर एकनाथ कहते हैं कि "जो ज्ञानेश्वर जैसी ओवी (छंद) मराठी में 'लिखने जायेगा, वह अमृत-भरी थाल में भिक्षापात्र जैसा नारियल का आधा खाली छिलका या 'नरोटी' रखेगा।" इस किताब में जो उद्धरण 'लिये गये हैं वे 'रजवाड़े' संस्करण से हैं। उसमें 'ळ' की जगह 'ल' है।

(13) ज्ञानेश्वरी में कई बातों का उल्लेख है, जिससे उस समय की सामाजिक स्थिति का पता लगता है। टकसाल और सिक्के, चमड़े के 'सिक्के, पन्द्रह कैरेट का सोना आदि तब की आर्थिक स्थिति दरसाते हैं। तब भी 'अधिकारी गांव में आने पर बड़ा उत्सव मनाया जाता था।' "व्यापारी हमेशा ऐसे ही शोषक होते हैं, लोगों के मकान गिराकर देवालय बनाना और जनता को नंगा करके अन्न क्षेत्र लगाना और दानवीर कहलाना तब भी था।

(14) अहमद नगर से प्रकाशित 'ज्ञानेश्वर-दर्शन' में उस ग्रंथ की उपमाएं, विनोद, तत्कालीन सामाजिक स्थिति, विभिन्न भाषाओं से आये हुए शब्द, इन सबका सांगोपांग विवेचन किया गया है।

(15) ज्ञानेश्वर ने केवल एक ग्रंथ ही नहीं रचा, अनेक स्फुट पद और अभंग भी रचे हैं। उनके नाम से कई पद प्रचलित हैं। उनकी एक पुरानी जीवनी में उनके नाम से कन्नड़ में रचा हुआ एक ग्रंथ भी है। उनका एक पद गुजराती भाषा के ढंग पर मराठी की बनालाणी नामक बोली में है।

'ज्ञानेश्वरी' से पता चलता है कि महाराष्ट्र में गोदावरी नदी के दक्षिण तट पर नेवासे ग्राम में महालया मंदिर में सन् 1290 में 'ज्ञानेश्वरी' ग्रंथ लिखा गया। उस देश के राजा रामदेवराय सचाई के साथ न्यायपूर्वक राज्य-शासन करते थे। राजा श्री रामचंद्र यदुवंश भूषण थे। उनका राज्य विद्या और कलाओं का निधान था। देश वैभवसंपन्न था। जनता स्वराज्य

का उपभोग करती थी। उस समय मुस्लिम आक्रमण से उत्तर भारत में उनका आतंक था, परंतु दक्षिण भारत अपेक्षया शांत था। मुस्लिम सेना के हमले तब तक दक्षिण में नहीं हुए थे।

ज्ञानदेव के समय बौद्ध और जैन दर्शन महाराष्ट्र में काफी फैला हुआ था। महानुभाव और लिंगायत पंथों के अनुयायी भी बहुत थे। परंतु वे तब तक सशक्त नहीं हुए थे। ज्ञानेश्वर ने अद्वैत वेदांत या शंकराचार्य के मत का प्रबल समर्थन किया। अपनी गीता-टीका में उन्होंने प्रतिस्पर्धा करने वाले अ-वैदिक ग्रंथों का खंडन किया। दुर्भाग्य की बात यह है कि उसी कट्टर सनातनी मत ने ज्ञानेश्वर को जीवित समाधि का दंड दिया। संन्यासी-पुत्र होने से उन्हें 'ब्राह्मण' नहीं माना। जाति-च्युत कर दिया, यानी उनको जात बाहर करके बहिष्कार किया।

फिर भी ज्ञानेश्वर 'स्वधर्म' और 'स्वभाषा' के प्रचार में अपनी सारी शक्ति लगाते हैं। जनसाधारण की भाषा में ज्ञानेश्वरी लिखकर उन्होंने भगवान् श्रीकृष्ण की भगवद् गीता को, जो केवल संस्कृत में थी और इसलिए स्त्री और शूद्र वर्ग उनसे वंचित थे। जन-जन तक पहुंचाया। 'ज्ञानेश्वरी' की सहायता से उन्होंने धर्म के आडंबर को नष्ट करके उसके अंतरंग पर प्रकाश डाला। बारकरी संप्रदाय का पुनरुत्थान किया।

धर्म के महत्व के बारे में वे ज्ञानेश्वरी के सोलहवें अध्याय में 455 और 462वीं ओवियों में लिखते हैं :

"इस कारण से भाइयो ! जिस परमपिता की कृपा उस ग्रंथ में उमड़ रही है, उस वेद के अंतिम संदेश का उल्लंघन मत करो। उसकी तरफ ध्यान दो।"

"जो अहित से आपको बाहर निकालते हैं, जो हित देकर बढ़ाते हैं; श्रुति से बढ़कर और कोई मां इस दुनिया में नहीं है।"

अपने ग्रंथ की रचना का प्रयोजन अट्ठारहवें अध्याय में 1243वीं ओवी में लिखते हैं :

एथ अविद्यानाशु हे स्थल।
ते में मोक्षोपदान फल।
या दोहीं केवल। साधन जाण॥

(गीता का विषय है अविद्या नष्ट करना। इसका फल है मोक्षप्राप्ति। अविद्यानाश और मोक्ष-प्राप्ति के लिए एकमात्र ज्ञान ही साधन है।)

इसी ज्ञान का प्रसार उन्होंने लोक भाषा में किया। जनसाधारण की भाषा पर उन्हें बहुत गर्व है। वे कहते हैं कि "मेरी मराठी में लीलासे, सहजता से हमें अमृत की अपेक्षा भी बढ़कर रहेंगी। इस भाषा के नगर में हम ब्रह्म-विद्या और ब्रह्म-सुख की विपुल भांडर से भरी 'पैठ' लगा देंगे।"

ज्ञानेश्वर एक ओर साक्षात्कारी, संत महाकवि, आदरणीय भक्त और अत्यंत विनम्र उपासक हैं, वहीं दूसरी ओर उन्हें विश्व कल्याण की लगन है। वे संसार छोड़कर संन्यास लेने का उपदेश नहीं देते। वे जीवन की हर चीज में असीम रस लेते हैं। उनकी गुरु-भक्ति शब्दों से परे है। फिर भी, वे स्वतंत्र चिंतन और विवेक पर बल देते हैं।

उनकी रचनाएं साहित्य के गुण और दार्शनिकता का प्रतिपादन और दोनों का मनोहर संगम हैं। गीता की टीका होने पर भी वह अत्यंत सरस और सर्वांगसुंदर काव्य है। नमूने के तौर पर कुछ उदाहरण बारहवें अध्याय से। ओवी 144, 147, 148 का अर्थ यों है:

"जैसे सर्वव्यापी चैतन्य अपना-पराया तनिक भी नहीं मानता उसी तरह से जिसमें आप-पर भाव बिल्कुल न रहा हो, ऐसा व्यक्ति भूत-मात्र से द्वेष नहीं करता।

"पानी ऐसा कभी भी जानता ही नहीं कि मैं गाय की प्यास बुझा दूं और बाघ को विष बनकर मारूं।

"उसी तरह एकत्व के बोध से समस्त भूतमात्र से ऐसा व्यक्ति मैत्रीपूर्ण व्यवहार करता है, वह कृपा की जन्मभूमि बन जाता है।"

वे इस बात को जानते थे कि मूल संस्कृत ग्रंथ गीता तो उत्तम है ही, परंतु उसकी प्राकृत (मराठी) भाषा में यह टीका और भी उत्तम है। लोग नहीं जान पाएंगे कि मूल कौन-सी है और टीका कौन-सी है?

स्वयं भगवान शंकर ने पार्वती से कहा कि तुम "पूछती हो मैं हमेशा क्या विचार करता हूं। हे देवी, जिस प्रकार से तुम्हारे रूप का अंत नहीं, पार नहीं लगता है ; उसी प्रकार गीता का भी अंत नहीं। ज्यों-ज्यों हम गीता-तत्त्व को

देखते जाते हैं, त्यों-त्यों वह नित्य नूतन प्रतीत होता है।"

ज्ञानेश्वर का निरीक्षण बड़ा सूक्ष्म और व्यापक था। छठे अध्याय में पारमार्थिक सत्य का समर्थन करने के लिए, जीव कैसे इस संसार में उलझा रहता है, इसे व्यक्त करने के लिए वे तोते का दृष्टांत देते हैं। ओवी 76 से 80 का अर्थ यों है:

"तोते को पकड़ने के लिए बंधी हुई नलिका के ऊपर तोता बैठने से, जब तोते के भार से वह नलिका उलटी तरफ घूमती है, तब उसे चाहिए था कि वह उड़ जाए, परंतु उसे लगता है कि अगर वह यह नलिका छोड़ देगा तो वह गिर पड़ेगा या मरेगा और उसके मन की आशंका का समाधान नहीं होता। उसके बाद वह व्यर्थ ही अपनी गर्दन इधर-उधर करता है और सकुची हुई छाती से वह नलिका को पंजों से दबाकर दृढ़ता से पकड़कर रखता है। बाद में वह मन में विचार करता है कि मैं सचमुच में बांधा या जकड़ा गया हूं। ऐसी कल्पना के चक्कर में वह पड़ता है। इस तरह से वह अपने को मुक्त कर सकने वाले पंजों की पकड़ और बढ़ाकर जोर से स्वयं को फंसाता है। इस तरह बिना किसी कारण नलिका को पकड़े हुए उस तोते को किसने बांधा है? ऐसी परिस्थिति में अगर उसे उस जगह से खींचा जाए तो वह उस नलिका को किसी हालत में नहीं छोड़ता। ऐसी ही मनुष्य की दशा है। जो अपने देहाभिमान को बढ़ाता है वह स्वयं अपना शत्रु है और दूसरा, जो मिथ्या देह का अभिमान नहीं रखता, वही सच्चा आत्मज्ञानी कहलाता है। वही शुक मुनि हो जाता है।"

'ज्ञानेश्वरी' नाना प्रकार की सूक्तियों से भरा ग्रंथ है। तेरहवें अध्याय की 82 वीं ओवी है—"अहंकार की बात ही विचित्र है। वह विशेष रूप से अज्ञानी के पीछे नहीं पड़ता, परंतु (तथाकथित) ज्ञानी को गला पकड़कर बैठ जाता है और अनेक प्रकार के संकटों की खाई में उसे डाल देता है।"

नौवें अध्याय की 190वीं ओवी हैं :

"जो ज्ञान की गंगा में नहा चुके हैं। जो पूर्णतारूपी भोजन करके तृप्त हो गए हैं, वे ऐसे हैं जैसे मानो शांति रूपी बेल के नूतन कोमल अंकुर हों।"

'ज्ञानेश्वरी' में शांत रस प्रधान है परंतु उसमें अन्य रसों को भी स्थान दिया गया है। ग्यारहवें अध्याय में दूसरी-तीसरी 'ओवी' में वे दृष्टांत देते हैं—"शांत रस के घर में अद्‌भुत रस अतिथि बनकर आया है। और अन्य रसों को भी इसमें स्थान मिला है। विवाह समारोह में आए हुए अन्य बरातियों को भी वस्त्र-आभूषण भेंट किए जाते हैं। उसी तरह से अन्य रसों को भी मराठी भाषा की शिबिका में यत्र-तत्र विराजमान होने का अवसर (इस ग्रंथ में) मिला है।"

ज्ञानेश्वर गीता को जीवन की गाथा कहते हैं। सबसे उत्तम तो 'ज्ञानेश्वरी' के अंत में 'पसाय दान' या 'प्रसाद' दिया गया है। वह मूल में यहां न देकर (क्योंकि वह पदों में 13वें पद में दिया ही गया है।) उसके सार-संक्षेप से यह प्रसंग समाप्त करें। ज्ञानेश्वर कहते हैं कि "विश्वरूप देव इस वाग्यज्ञ से संतुष्ट हो मुझे कृपा का वह प्रसाद दें कि जिससे दुष्टों की कुटिलता नष्ट हो और उनमें सत्कर्म के लिए चाल पैदा हो। सब प्राणिमात्र परस्पर गहन मित्रता से बर्ताव करें। पाप रूपी अंधकार नष्ट हो और स्वधर्म सूर्य का उदय हो। प्राणिमात्र जो-जो चाहे वह उसे मिले। ईश्वर में अटूट श्रद्धा करने वालों को वह समुदाय मिले जो समूचे कल्याण की वर्षा करता रहे। इस भूतल पर प्राणिमात्र को निरंतर सुख प्राप्त हो।"

अमृतानुभव

यह ज्ञानेश्वर का छोटा ग्रंथ है परन्तु अत्यंत दुरूह और दर्शन-सिद्धांतों से भरा हुआ है। उसके दार्शनिक विचार पर विद्वानों ने बहुत मंथन किया है। कुछ लोग उसे शैव दर्शन का ग्रंथ मानते हैं। 'शिव शक्ति' के उल्लेख के कारण, उसे नाथ पंथ से प्रभावित ग्रंथ माना जाता है। परन्तु सारी रचनाएं पढ़कर लगता है कि डा० शं०दा० पेंडसे का यह मत ही सही है कि आदि शंकराचार्य के वेदांत दर्शन का ज्ञानेश्वर पर गहरा प्रभाव है। शंकराचार्य को प्रच्छन्न बौद्ध भी कहा जाता है। 'कबीर' को किसी एक विशेष दार्शनिक सांचे में बैठाने की कोशिश जैसे सही नहीं है, ज्ञानेश्वर को भी किसी दार्शनिक 'वाद' का प्रचारक कहना कठिन है। ज्ञान और भक्ति, राग और विराग, पूर्ण और शून्य, आसक्ति और

अनासक्ति, कर्मयोग और संकल्प की स्वतंत्रता, व्यक्ति और समाज, सनातन तत्त्व और रूढ़ियों से विद्रोह इन परस्पर भिन्न या कभी-कभी विरोधाभास बताने वाले तत्त्वों का समन्वय ज्ञानेश्वर के इस ग्रंथ में है। मराठी भाषा और साहित्य के कई विद्वानों ने इस 'अमृतानुभव' पर बड़ी टीकाएं और भाष्य लिखे हैं। फिर भी, उसकी रहस्यवादिता अक्षुण्ण है। समाजवादी चिंतक पु० य० देशपांडे ने 'अनुभवामृत' नाम से बड़ी किताब इस पर लिखी है। कवि विंदा करंदीकर ने आधुनिक मराठी में इसके सरल अनुवाद का उत्तम प्रयत्न किया है। फिर भी ज्ञानेश्वर के इस ग्रंथ की गहनता चाहे जितने गोताखोरों को मोती और रत्न उपलब्ध करा दें, अगम्य और अनवगाहनीय ही बनी रहती है।

स्फुट पद और अभंग

ज्ञानेश्वर के स्फुट पद और अभंग तो अनेक हैं। कई उनके नाभ से जोड़ दिए गए हैं। यह कहना कठिन है कि लोक-संगीत का आधार बने ये सारे पद, जो उनके नाम से, चल रहे हैं, या उनके मूल रूप में कई शतकों से भाषा परिवर्तन होता आ रहा है वे ज्ञानेश्वर के ही हैं या प्रक्षिप्त हैं। लता मंगेशकर के गाये हुए ज्ञानेश्वर के अभंग आज महाराष्ट्र के घर-घर में सबेरे-शाम अपनी सुगंध फैलाते हैं।

ऐसे महान् कवि और दार्शनिक ज्ञानेश्वर की कविता का अनुवाद मराठी गद्य में करना ही मुश्किल है ; तो अन्य भाषाओं में उनका पूरा सौंदर्य कहां से और कितना लाया जा सकता है। फिर भी एक विनम्र प्रयत्न आगे दिया जा रहा है।

काव्य-संकलन

ज्ञानेश्वरी

अध्याय 12

जो सर्व भूतांचे ठायीं।
द्वेषातें नेणेचि कहीं।
आप-परु नाहीं।
चैतन्या जैसा ॥1।

जो सब प्राणिमात्र में कभी भी द्वेष नहीं जानता, जैसे विच्छक्ति के लिए आप-पर भेदभाव नहीं है ॥1॥

उत्तमातें धरिजे।
अधमातें अव्हेरिजे।
हें कांहींचि नेणिजे।
वसुधा जेवीं ॥2॥

उत्तम को लेता, अधम को छोड़ देता, यह कुछ भी नहीं जानता है, जैसे यह वसुधा (सब को समा लेती है) ॥2॥

कां रायाचें देह चालूं।
रंका परौतें गालूं।
हें न म्हणेचि कृपालू।
प्राण पैंगा ॥3॥

अथवा राजा की देह चलाऊंगा, रंक को दूर रखकर उपेक्षित करूंगा, ऐसा जो कृपालु प्राण कभी नहीं कहता ॥3॥

गाईची तृषा हरूं।
व्याघ्रा विष होऊनि मारूं।
ऐसें नेणेचि गा करूं।
तोय जैसें ॥4॥

गाय की प्यास बुझा दूंगा, बाघ को विष बनकर मारूंगा, ऐसा भेदभाव जो नहीं करता जैसे पानी है ॥4॥

तैसी अवधिया भूतमात्रीं।
एकपणें जया मैत्री।
कृपेसी धात्री।
आपण जो ॥5॥

वैसे ही सब प्राणियों के बीच में, एक जैसी मैत्री जो रखता है, कृपा का आधार जैसे वह स्वयं है ॥5॥

आणि मी हे भाष नेणे।
माझें कांहींचि न म्हणे।
सुख दुःख जाणणें।
नाहीं जया ॥6॥

और मैं यह अहंता नहीं रखता, जो अपना कुछ भी नहीं कहता है, जिसमें सुख-दुःख जानना कुछ भी नहीं बचा है ॥6॥

वर्षावावीण सागरु।
जैसा जलें निर्भरु।
तैसा निरुपचारु
संतोषी जो ॥7॥

बारिश के बिना भी सागर, जैसे जल से भरा रहता है, वैसे बिना साधनों के जो संतुष्ट है ॥7॥

हें ना, तो आवडे।
मज जीवाचेनि पाडें।
हेंही येथ थोकडें।
रूप करणें ॥8 ॥

यह अच्छा नहीं, वह प्रिय है, मुझे दोनों एक समान हैं। यह कहना भी एक तरह का दृष्टांत मात्र है ॥8 ॥

व्यापक आणि उदास।
जैसें का आकाश।
तैसें जयाचें मानस।
सर्वत्र गा ॥9 ॥

व्यापक और उदास जैसे आकाश होता है, वैसा ही जिसका मानस सब जगत् है ॥6 ॥

संसार-व्यथे फिटला
जो नैराश्यें निवटला।
व्याधा हातोनि सुटला।
विहंगमु जैसा ॥10 ॥

संसार व्यथा से जो मुक्त है, जिसे निराशा कभी नहीं होती, जैसे शिकारी के हाथों से छूटा हुआ विहंग हो ॥10 ॥

जो आत्मलाभासारिखें।
गोमटे कांहींचि न देखे।
म्हणोनि भोग-विशेखें।
हरिखेना जो ॥11 ॥

जो आत्मज्ञान से बढ़कर कोई भी अच्छी चीज नहीं देखता है, इसलिए जो विशेष प्रकार के भोग से हर्षित नहीं होता ॥11 ॥

आपणचि विश्व जाला।
तरि भेदभाव सहजचि गेला।
ह्मणोनि द्वेष न ठेला।
जया पुरुषा ॥12॥

जो स्वयम् विश्व बन गया, और जिसका भेदभाव स्वयम् समाप्त हुआ, इसलिए जिस पुरुष को द्वेष नहीं हुआ ॥12॥

पैं आपुलें जें साचें।
तें कल्पांतींही न वचे।
हें जाणोनि गताचें।
न शोची जो ॥13॥

परन्तु जो अपना सत्य कल्पांत तक नहीं बोलता है, जो गत, जो कुछ हो गया है, उस पर शोक नहीं करता ॥13॥

वोखटें का गोमटें।
हें कांहींचि तया नुमटे।
रात्रि-दिवस न घटे।
सूर्यासि जेवीं ॥14॥

अच्छा है या बुरा है, यह कुछ भी जिसे नहीं भासित होता, जैसे सूर्य के लिए रात-दिन घटित नहीं होता ॥14॥

ऐसा बोधुचि केवलु।
जो होऊनि असे निष्कलु।
त्याहीवरी भजनशीलु।
माझिया ठायीं ॥15॥

ऐसा केवल बोध, जो बनकर निष्कलंक होता है, और उसके बाद भी मेरे प्रति भजनशील होता है ॥15॥

तरि तयाऐसें दूसरें।
आम्हां पढियंतें सोयरें।
नाहीं गा साचो कारें।
तुझी आण पांडवा ॥16॥

तो भी उसके जैसा दूसरा, प्रिय संबंधी नहीं है, सत्य कहूं, तुम्हीं शपथ है। पांडव ॥16॥

पार्थां जयाचिया ठायीं।
वैषम्याची वार्ता नाहीं ॥
रिपु-मित्रां दोहीं।
सरिसा पाडु ॥17॥

पार्थ, जिसमें विषमता की वार्ता भी नहीं है, शुभ-मित्र दोनों को जो समान मानता है ॥17॥

कां घरींचिया उजियेड करावा।
पारखियां आंधार पाडावा।
हें नेणेचि गा पांडवा।
दीप जैसा ॥18॥

या घरवालों के लिए प्रकाश करे और परायों के लिए अंधेरा करे, ऐसा दीपक के समान जो नहीं जानता है, हे पांडव ॥18॥

जो खांडावया घाव घाली।
का लावणी जेणें केली ॥
दोघां एकचि साउली।
वृक्षु जैसा ॥19॥

जो तोड़ने के लिए घाव करता है, या जिसने उसे लगाया है, दोनों को एक जैसी छाया जैसे वृक्ष देता है ॥19॥

नातरी इक्षु-दंडु।
पालितया गोडु।
गालितया कडु।
नोहेचि जेवीं ॥20॥

नहीं तो गन्ना जो उगाता है, उसके लिए मीठा और जो उसे पीता है, उसके लिए कडुआ नहीं होता ॥20॥

अरि-मित्रीं तैसा।
अर्जुना जया भाव ऐसा।
मानापमानीं सरिसा।
होत जाय॥ 21 ॥

शत्रु-मित्र में हे अर्जुन! जिसका एक-सा भाव होता है, जो मान और अपमान में एक जैसा होता जाता है ॥21॥

तिहीं ऋतूं समान।
जसें कां गगन।
तैसा एकचि मान।
शींतोष्णीं जया ॥22॥

तीनों ऋतु जिसके लिए समान हैं, जैसे गगन हो, वैसे ही जो शीत और उष्ण को एक ही मानता है ॥22॥

दक्षिण उत्तर मारुता।
मेरु जैसा पाण्डु-सुता
तैसा सुख-दुःख प्राप्तां।
मध्यस्थु जो ॥23॥

दक्षिण-उत्तर की हवा के लिए जैसे मेरु पर्वत है, वैसे हे पांडु-सुत, सुख-दुख प्राप्तों के लिए जो मध्यस्थ है ॥23॥

माधुर्ये चंद्रिका ॥
सारिशी राया रंका ।
तैसाजो सकलिकां ।
भूतां समु ॥24 ॥

चांदनी की मधुरता जैसे राय और रंक के लिए समान है, वैसे ही जो सब प्राणियों के लिए समभावी है ॥24 ॥

अवघिया जगा एक ।
सेव्य जैसें उदक ।
तैसे जयातें तिन्ही लोक
आकांक्षिती ॥25 ॥

सारी दुनिया के लिए एक-सा पानी जैसा सेव्य है, वैसे ही जिसकी तीनों ही लोक आकांक्षा करते हैं ॥25 ॥

जो निंदेतें ने घे ।
स्तुतीतें न श्लाघें ।
आकाशा न लगे ।
लेपु जैसा ॥26 ॥

जो निंदा से दुखी नहीं होता, न स्तुति से सुखी होता है, जैसे आकाश को लेप नहीं लगता ॥26 ॥

तैसें निंदे आणि स्तुति ।
मान करुनि एके पांती ।
विचरे प्राण-वृत्ति ।
जनीं वनीं ॥26 ॥

वैसे निंदा और स्तुति, एक ही पंक्ति में समान मानकर जन में, वन में प्राण-वृत्ति से जो विचरण करता है ॥27 ॥

जो यथा-लाभें तोखे।
अ-लाभें न पारुखे।
पाऊसेंवीण न सुके।
समुद्र जैसा ॥28 ॥

जो यथा-लाभ से तुष्ट होता है, अ-लाभ से जो दुखी नहीं होता, वर्षा न होने से समुद्र जैसे सूखता नहीं ॥28 ॥

आणि वायूसि एके ठायीं।
बिढार जैसें नाहीं।
तैसा न धरीच कहीं।
आश्रय जो ॥29 ॥

और वायु के लिए जैसे एक जगह बसना नहीं होता, वैसे ही जो कहीं भी आश्रय नहीं रखता ॥29 ॥

हें विश्वचि माझें घर।
ऐशी मति जयाची स्थिर।
किंबहुना चराचर।
आपण जाला ॥30 ॥

यह सारा विश्व ही मेरा घर है, ऐसी जिसकी स्थिर मति है, या कहें कि चराचर सब उसको अपना है ॥30 ॥

मग यावरी ही पार्था।
माझिया भजनीं आस्था।
तरी तयातें मी माथां।
मुकुट करीं ॥31 ॥

इसके बाद भी पार्थ, मेरे भजन में जो आस्था रखता है, उसके माथे पर मैं मुकुट रखता हूं ॥31 ॥

अध्याय 13

अमानित्वमदंभित्वमहिंसा क्षांतिरार्जवम्।
आचार्योपासनं शौचं स्थैर्यमात्मविनिग्रहः ॥
श्रीमद्भगवद्गीता ॥1137॥

अ-मानित्व

तरि कवणेही विषींचें।
साम्य होणें न रुचे।
संभावितपणाचें।
बोझें जया ॥1॥

तो किसी के भी विषय में बराबरी करना जिसे नहीं रुचता, प्रतिष्ठा जिसके लिए बोझ हो ॥1॥

आथिलेचि गुण वानितां।
मान्यपणें मानितां।
योग्यतेचें येतां।
रूप अंगा ॥2॥

जो गुण हैं उन्हीं की प्रशंसा करने पर, जो मान्य है उसी को मानने पर, योग्यता का रूप अंग में आने से ॥2॥

तैं गजबजों लागे कैसा।
व्याधें रूंधला मृगु जैसा।
कां बाहीं तरतां वलसां।
दाटला जेवीं ॥3॥

वह घबड़ाने लगता है, जैसे शिकारी ने हिरन को घेर लिया हो, या तैर कर जाते समय जैसे भंवर में अटक गया हो ॥3॥

पार्था तेणें पाडें।
सन्मानें जो सांकडे।
मरिमेतें अंगाकडे।
येवोंचि नेदी ॥4 ॥

पार्थ, जिसे कोई सम्मान से संकट में डालता है, और जो अपने भीतर गरिमा को नहीं आने देता ॥4 ॥

पूज्यता डोलां न देखावी।
स्व-कीर्ति कांनी नायकावी।
हा अमुका ऐसी नोहावी।
से-चि लोकां ॥5 ॥

पूज्यता आंखों से न देखे, अपनी कीर्ति कानों से न सुने, लोगों को यह स्मरण ही न हो कि यह अमुक है ॥5 ॥

तेथ सत्काराची कें गोठी।
कें आदरा देईल भेटी।
मरणेसीं सांटी।
नमस्कारितां ॥6 ॥

वहां सत्कार की बात ही कहां है, अंदर को प्राप्त करने की कथा कहां की है, जिसे नमस्कार करने से भी लगता है कि यह मरण जैसा है ॥6 ॥

वाचस्पतीचेनि पांडे।
सर्वज्ञता तरी जोडे।
परि वेडिवेमाजि दडे।
महिमे भेणें ॥7 ॥

वाचस्पतियों की बराबरी का, उनके द्वारा प्रशंसित सर्वज्ञता होने पर भी जो पागलों 'की तरह छिपता है, उसकी महिमा कितनी है ॥7 ॥

चातुर्य लपवी।
महत्त्व हारवी।
पिसेपण मिरवी।
आवडोनी ॥8 ॥

चातुर्य छिपाता है, महत्त्व खो देता है, पागलपन जो दिखाता है, प्रेय से— ॥8 ॥

लौकिकाचा उद्वेगु।
शास्त्रांवरी उबगु।
उगेपणीं चांगु।
आथी मरू ॥6 ॥

कीर्ति से जो डूबता है, शास्त्रों से जिसे अरुचि है, कुछ भी न करते हुए चुपचाप बैठे रहने पर जिसका जोर है ॥9 ॥

जगें अवज्ञाचि करावी।
संबंधी सोय न धराची।
ऐसी ऐसी जीवीं।
चाड बहु ॥10 ॥

दुनिया उसकी उपेक्षा करे, संबंधी उससे मिलकर नहीं रहते, ऐसी जिसके प्राणों में चाहना है ॥10 ॥

माझें असतेपण लोपो।
नाम-रूप हारपो ॥
मज झणें वासिपो।
भूत-जात ॥11 ॥

मेरा अस्तित्व विलुप्त हो, नाम-रूप खो जाए, प्राणि मात्र जो मुझसे डरते हों, न डरें ॥11 ॥

अ-दंभित्व

तरि अ-दंभित्व ऐसें।
लोभियाचें मन जैसें।
जिवु जावो परि नुमसे।
ठेविला ठावो ॥12॥

तो अदंभी ऐसा है, जैसे लोभी का मन हो, चाहे प्राण चले जायें, पर कहां जमा-पूंजी रखी है, इसका पता न चले ॥12॥

तयापरी किरीटी।
पडिलाही प्राण-संकटीं।
परि सु-कृत ना प्रकटी
अंगें बोलें ॥13॥

उसे चाहे जितने दंड हो, प्राण संकट में पड़े, फिर भी अपनी जमा पूंजी स्वयं कभी नहीं बताता है ॥13॥

नाना कृषिवलु आपुलें।
पांघुरवी पेरिलें।
तैसें झांकी निफजलें।
दान-पुण्य ॥14॥

नाना कृषिबल, बीज आदि टांककर रखता है, वैसा ही अपना दान-पुण्य छिपाकर रखता है ॥14॥

वरिवरी देह न पूजी।
लोकांतें न रंजी।
स्वधर्म वाग्ध्वजीं।
बांधों नेणे ॥15॥

ऊपर-ऊपर से देह की पूजा नहीं करता, लोगों को सिर्फ रिझाता नहीं, स्वधर्म या सदाचरण हो, खुद विज्ञापित नहीं करता ॥15॥

परोपकार न बोले।
न मिरवी अभ्यासिलें।
न शके विकूं जोडिलें।
स्फीतीसाठीं ॥16॥

परोपकार नहीं बोलता, जो अभ्यास किया है, उसे घोषित नहीं करता है प्रतिष्ठा के लिए स्वयं संपादित खर्च नहीं करता है ॥16॥

आंग-भोगाकडे।
पाहतां कृपण आवडे।
येहवीं धर्म-विषयीं थोडें।
बहु न म्हणे ॥17॥

अपने स्वयम् के उपभोग के मामले में कंजूस है, धर्म के मामले में कहीं भी कमी नहीं पड़ने देता ॥17॥

किंबहुना स्वधर्मी थोरु।
अवसरों उदारु।
आत्म-चर्चे चतुरु।
येहवीं वेडा ॥18॥

किंबहुना स्वधर्म में महान् है। अवसर में उदार है। आत्मचर्चा में चतुर है। अन्यथा पागल जैसा रहता है ॥18॥

पैंगा अ-दंभपण।
म्हणितलें तें हें जाण।
आतां आईक खूण।
अहिंसेची ॥19॥

परन्तु मानो अदंभपन। जो कहा है, वह जानो। अब सुनो लक्षण अहिंसा के ॥19॥

अ-हिंसा

तरि अहिंसा बहुतीं परी।
बोलिली असे अवधारीं।
आपुलाल्या मतांतरी।
निरूपिली ॥20॥

अहिंसा कई तरह की कही गयी है। सुनिये, जैसी मेरी समझ में आती है ॥20॥

परि ते ऐसी देखा।
जैशा खांडूनियां शाखा।
मग तयाचिया बुडुखा।
कूंपु कीजे ॥21॥

तो जैसे शाखाओं को तोड़कर, उसकी जड़ों के आसपास बागड़ लगा दी जाए ॥21॥

कां बाहु तोडोनि पचविजे।
मग भुकेची पीडा राखिजे।
कीं देऊल मोडोनि कीजे।
पौलि देवा ॥22॥

या बहुत तोड़कर पकाना, फिर भूख की पीड़ा से बचना, या देवालय भंग करके, देवता के लिए आवास बनाना ॥22॥

तैसी हिंसाचि करूनि अ-हिंसा।
निफजविजे हा ऐसा।
मैं पूर्व-मीमांसा।
निर्णयो केला ॥23॥

वैसा हिंसा को अहिंसा बनाना और एक में से दूसरी पैदा करने का विचार जैमिनी ने पूर्वमीमांसा में कहा है ॥23॥

व्यासोत्तीचा महिमा

नाना कथा रूपें भारती
प्रकटली असे त्रिजगती
आविष्करौनि महामती व्यासाचिये ॥1 ॥

नाना कथाओं के रूप में 'भारत' में महामति व्यास की ही मूल कथा विभिन्न आविष्कारों के रूप में अपनी-अपनी मति के अनुसार प्रकट हुई है ॥1 ॥

म्हणौनि महाकाव्या राऊ।
ग्रंथु गुरुवतिचा ठाऊ।
एथौनि रसां जाला आहो।
रसालपणांचा ॥2 ॥

इसलिए महाकाव्य की रचना के लिए गुरुमंत्र बड़ा मिले। वहीं से रसमयता का प्रवाह आरम्भ होता है ॥2 ॥

तेविंचि आइकां आणिक ही एक।
एथौनि शब्दश्री भली शास्त्रिक।
आणिक महाबोधीं कोवलिक।
दुणावली ॥3 ॥

उसी तरह सुनो और एक प्रतीति सात्त्विक शब्दों की मिली। और महाबोध के साथ-साथ कोमलता द्विगुणित हुई है ॥3 ॥

एथ चातुर्य सिहाणें जालें।
प्रेम रुचीसि आलें।
आणि सौभाग्य पोखलें।
सुखाचें एथ ॥4 ॥

यहीं से चतुरता को लिखना आया। प्रेम का प्रत्यय मिला और यहां सौभाग्य के साथ सुख एकाकार हुए हैं ॥4 ॥

माधुर्या मधुरता।
शृंगारिं सुरेखता।
रूढपण उचिता।
दीस भलें ॥5॥

यहां माधुर्य को मधुरता मिली। शृंगार को सुघरपन मिला। औचित्य को ऋजुता यहां दिखाई देती है ॥5॥

एथ कलाविद्पण कलां।
पुण्यासि प्रतापु आगला।
म्हणौनि जनमेजयाचे अवलीला
दोष गेले ॥6॥

और कलाओं को कलाविदता, पुण्य को प्रताप मिला। इसीलिए जनमेजय की अवलीला के दोष गये ॥6॥

आणि पातां नावेक।
रंगी सुरंगतेची आगलिक।
गुणा सुगुणपणाचें बीक।
बहुवस एथें ॥7॥

और नाम मात्र से ही रंगों को सुरंगपन की विशेषता, और गुणों की सुगुणों की जैसी फसल उगती जाती है ॥7॥

भानुचेंनि तेजें ढवललें।
जैसें त्रैलोक्य दिसे उजललें।
तैसें व्यासमती कवलिलें।
सकल मिरवे ॥8॥

जैसे भानु के तेज से भास्वर होकर त्रैलोक्य उज्ज्वल हो जाता है, वैसे ही व्यास की मति से सब कुछ मंडित है ॥8॥

कां सुक्षेत्रीं बीज घातलें।
तें आपुल्यापरी विस्तारलें।
तैसें भारतीं सुरवाडलें।
अर्थजात ॥9॥

जैसे सहज बीज डाल दिया, तो वह अपने-आप विस्तृत होता जाता है; उसी तरह भारत में अर्थज्ञान लहालहा रहा है ॥9॥

ना तरी नगरांतरी वसिजे।
तरी नागरांचि होईजे।
तैसे व्यासोक्तितेजें।
ढवललें सकल ॥10॥

जैसे नगरों में बसने वाले नागरिक बन जाते हैं, वैसे ही व्यासोक्ति से सब आप्यायित हैं ॥10॥

की प्रथमवयसाकालीं।
लावण्याची नव्हाली।
प्रकटे जैसी आगली।
अंगनाअंगीं ॥11॥

जैसे प्रथम वयस-काल में, यानी यौवन के आगमन से लावण्य की नव-नव्यता अपूर्ण रूप से अंगना के अंग-अंग में प्रकट होती है ॥11॥

ना तरी उद्यानीं माधवी घडे।
तैं वनशोभेची खाणि उघडे।
आदिलापासोनि अपाडे।
जिया परीं ॥12॥

जैसे उद्यान में माधवी लता फूलती है तो उपवन की शोभा और बढ़ जाती है और प्राणों को पहले से भी अधिक मोहित करती है ॥12॥

नाना घनीभूत सुवर्ण।
जैसे निहालितां साधारण।
मग अलंकारी बरवेपण।
निवाडु दावी ॥13॥

नाना घन रूप में सुवर्ण देखने में साधारण लगता है, परन्तु वही अनेक अलंकारों में विविध रूपों में अपने सौंदर्य को दिखाता है ॥13॥

तैसे व्यासोक्ति अलंकारलें।
आवडतें बरवेपण पातलें।
तें जाणौनिचि काई आश्रइलें।
इतिहासीं ॥14॥

वैसे व्यासोक्ति अलंकृत होकर प्रिय समुचितता धारण करती है। वही जानकर कुछ इतिहास में आश्रय रूप में ग्रहण किया है ॥14॥

नाना पुरतिये प्रतिष्ठेलागि।
सानीव धरूनी आंगीं।
पुराणे आख्यानरूपें जगीं।
भारता आलीं ॥15॥

नाना प्रतिष्ठाएं पूर्ण करके, उनमें कई श्रुत कथाएं जोड़कर, पुराण-आख्यान रूप से इस जगत् में 'भारत' बनकर आये ॥15॥

म्हणौनि भारतीं नाहीं।
तें न्हवेचि लोकीं तिहीं।
एणें कारणें म्हणिपे पाहीं।
व्यासोच्छिष्ट जगत्रय ॥16॥

इसीलिये जो 'भारत' में नहीं वह त्रिलोक में कहीं नहीं, ऐसा कहा गया है। इसीलिए व्यासोच्छिष्ट जगत्रय (तीनों जगत) व्यास की जूठन हैं ॥16॥

ऐसी सुरस जगीं कथा।
जे जन्मभूमि परमार्था।
मुनि सांधे नृपनाथा।
जनमेजया ॥17॥

इस दुनिया में ऐसी सुरस कथा जिसमें जन्मभूमि भी है और परमार्थ भी साथ-साथ हैं, वही मुनि जनमेजय को राजा की गाथा सुना रहे है ॥17॥

जें अद्वितीय उत्तम।
पवित्रैक निरुपम।
परम मंगलधाम।
अवधारिजो ॥18।

वह अद्वितीय, अनुपम, पवित्र, निरुपम, परम मंगलधाम सुनिए ॥18॥

आतां भारत कमलपरागु।
गीताख्यु प्रसंगु।
सो संवादला श्रीरंगु।
अर्जुनेंसीं ॥19॥

अब 'भारत' रूपी कमल का पराग जो गीता नाम का प्रसंग है, उसे संवाद के रूप में अर्जुन से श्रीरंग श्रीकृष्ण ने सुनाया ॥19॥

ना तरी शब्द ब्रह्माब्धि।
मथिलें व्यासबुद्धी।
निवडिलें निरवधी।
नवनीत हें ॥20॥

या यों कहें कि शब्द रूपी ब्रह्म-अब्धि का मंथन व्यासमुख से हुआ। उसे और भी शीतल और कमल करके यह नवनीत गीता के रूप में निकला ॥20॥

मग ज्ञानाग्निसंपर्कें
कडसिलें विवेकें।
पद आलें परिपाकें।
आमोदासीं ॥21॥

फिर ज्ञानाग्नि के संपर्क में लाकर विवेक से उसे पकाया। उसी में से ये परिपक्व पद ऊपर आये, जो आमोद दे रहे हैं ॥21॥

जें अपेक्षिजे विरक्तीं।
अनुभविजे संतीं।
सोहंभावें पारंगतीं।
रमिजे जेथ ॥22॥

जिसकी विरक्तों ने अपेक्षा की, जिसका संतों ने अनुभव किया, पारंगत लोग 'सोह' भाव से उसी में रम गए ॥22॥

जें आकर्णिजे भक्ति।
आदिवंद्य त्रिजगतीं।
तें भीष्मपर्वीं संगति।
सांधिजैल ॥23॥

जो भक्ति सुनना चाहो, जिसे तीनों जगत में वंदन किया जाता है, वह भी भीष्मपर्व में साथ-साथ सुनाया जाएगा ॥23॥

जें भगवद्गीता म्हणिजे।
जें ब्रह्म शांनी प्रशंसिजे।
जें सनकादिकीं सेविजे।
आदरेंसीं ॥24॥

उसे भगवद्गीता कहते हैं, उसकी ब्रह्म श आदि देव प्रशंसा करते हैं और उसकी सनकादिक मुनि आदर से सेवा करते हैं ॥24॥

जैसें शारदियेचिये चंद्रकले।
माझि अमृतकण कोवले।
तें वेंचिति मनें मौआलें।
चकोरतलगे ॥25॥

जैसे शरदपूर्णिमा को चंद्रकांति में कोमल अमृतकण हों, और उन्हें चुनते हुए मन चकोर की तरह मगन हो जाता है ॥25॥

तेयापरी श्रोता।
अनुभवावी हे कथा।
अति हलुवारपण चित्ता।
आणूनियां ॥26॥

उसी तरह से श्रोता इस कथा का अनुभव करें। चित्त को अत्यंत कोमल बनायें ॥26॥

हें शब्देंविण संवादिजे।
इंद्रिया नेणतां भोगिजे।
बोला आधीं झोंबिजे।
प्रमेयासि ॥27॥

यहां शब्दों के बिना संवाद होता है, यहां इंद्रियों के बिना उपभोग होता है। शब्द मुंह से बोल बनकर निकले उससे पहले ही प्रमेय को पकड़ लेते हैं ॥27॥

जैसे भ्रमर परागु नेति।
परी कमलदलें नेला नेणति।
तैसी परी आहे सेवितौ।
गूंथीं इये ॥28॥

जैसे भ्रमर पराग ले जाते हैं, परन्तु कमलदल को पता भी नहीं लगता। कि उनका कुछ गया है, वैसे इस ग्रंथ में जो है उसका सेवन कीजिये ॥28॥

कां आपुला ठाऊ न संडितां।
आलंगिजे चंद्बु प्रकटतां।
हा अनुरागु भोगितां।
कुमुदिनी जाणें ॥29॥

दोनों अपना स्थान न छोड़ते हुए; चंद्र प्रकट होते ही, अनुराग का योग करना कुमुदिनी जानती है ॥29॥

ऐसेनि गंभीरपणें।
थिरावलेनि अंतष्करणें।
आथिला तो जाणे।
मातु इये ॥30॥

ऐसी गंभीरता से, स्थिर अंत:करण से, जो उसमें सराबोर है, वही उसका आनन्द जानता है ॥30॥

अहो अर्जुनाचिया पांतीं।
जे परिसणेयां योग्य होंति।
तिहिं कृपा करुनि संतीं।
अवधान देयावें ॥31॥

अभी अर्जुन की पंक्ति में बैठकर सुनने लायक जो हों, उन्हें कृपा करके इस ओर अपना ध्यान देना चाहिए ॥31॥

हें सलगी मियां म्हणीतलें
चरणां लागौनि विनविलें।
प्रभु सखोल हृदय आपुलें।
म्हणौनियां ॥32॥

यह मैंने लाड़ से भरकर कहा। मैं आपके चरणों में विनयावनत होकर कह रहा हूं। प्रभु, आपका हृदय गहरा है, इसलिए कह रहा हूं ॥32॥

जैंसा स्वभाव मायेबापांचा।
अपत्य बोले जहीं बोबडिया बाचा।
तहीं अधिकाधिक तेयाचा।
संतोखुचि आथि ॥33॥

जसा मां-बाप का स्वभाव होता है; बच्चा तुतली-तुतली बातें बोलता है, फिर भी उनको अधिकाधिक संतोष होता है ॥33॥

तैसा तुम्हीं मी अंगिकारिलां।
सज्जनीं आपुला म्हणीतलां।
तरि उणावो साहाजें उपसाहला।
प्रार्थूं काइ ॥34॥

वैसे मैंने आपको अपना बनाया है। आपको सज्जन कहा है। तो मेरे दोष को भी आप सहज क्षमा कर देंगे, यह प्रार्थना मैं क्या करूं ॥34॥

परि अपराधु तों आणिकु आई।
जें मीं गीतार्थ कलूं पाहें।
तें अवधारा विनवूं लाहें।
म्हणौनियां ॥35॥

परन्तु मेरा और भी एक अपराध है। पहले तो मैं यह कह रहा हूं कि गीता का अर्थ मेरी समझ में आ गया है। दूसरे, आपसे विनती कर रहा हूं कि आप उसका अवधारण करें। यह दोहरा अपराध है ॥35॥

हें अनावरत विचारितां।
वायांचि धिवसा उपनला चित्ता।
यहविं काय भानुतेजीं खद्योता।
शोभा आथि ॥36॥

यह बात बार-बार अनियंत्रित ढंग से पूछते हुए, व्यर्थ ही यह धैर्य मेरे चित्त में आ गया है। अन्यथा सूर्य के तेज प्रकाश के आगे जुगनूं क्या शोभा दे सकता है ॥36॥

कीं टिटिभू चांचुवेहीं।
माप सुये सागरी।
मी नेणतु तिया परी
प्रवर्तें एथ ॥37॥

या बेचारी टिटहरी छोटी-सी चोंच से समुद्र के जल को बाहर निकाल फेंकना चाहे। मैं भी अज्ञानवश वैसे ही यहां प्रवर्तित हो रहा हूं ॥37॥

परी एथ असे एक आधारु।
तेणेंचि बोलें मीं सधरु।
जें सानुकूल श्रीगुरु।
ज्ञानदेऊ म्हणे ॥44॥

परंतु यहां एक आधार है। इसीलिए मैं इतना सधकर बोल रहा हूं। वह श्रीगुरु के अनुकूल होगा ऐसा ज्ञानदेव कहता है ॥44॥

यहविं तंहि मी मुर्खु।
जहैं जाला असे अविवेकु।
तहीं संतकृपादीपकु।
सोज्वलु असे ॥45॥

(गुरु के बिना) मैं तो वैसे मूर्ख हूं। अगर अविवेक हुआ तो संतकृपादीपक से ही यह सब उज्ज्व ल हुआ है ॥45॥

लोहाचें कनक होये।
हे परिसिं सामर्थ्य आहे।
कीं मृतही जीवित लाहे।
अमृतसिद्धी ॥46॥

लोहे का सोना होता है। यह शक्ति पारस पत्थर में होती है। मृतक को भी जिंदा करने की ऐसी अमृत सिद्धि (गुरु कृपा में) है ॥46॥

जरि प्रकटे सिद्धसरस्वती।
तरि मुकेयां आथि भारती।
एथ वस्तुसामर्थ्यशक्ती।
नवल काइ ॥47॥

यदि सिद्ध सरस्वती प्रकट हो आए गूंगा भी बोलने लगता है। इसमें वस्तु-सामर्थ्य शक्ति पैदा हो जाती है, इसमें क्या आश्चर्य है ॥47॥

जेयातें कामधेनु ऐसी माये।
तेयासी अप्राप्य कांहीं आहे।
म्हणौनि मी प्रवर्ती लाहें।
ग्रंथीं इये ॥48॥

जिस पर कामधेनु कृपा करें, उसके लिए अप्राप्य कुछ भी नहीं। इसी विश्वास पर मैं इस ग्रंथ के प्रवर्तन में लगा हूं ॥48॥

तहीं न्यून तें पुरतें।
अधिकही सरतें।
करुन घेयावें हें तुमतें।
विनविलें मियां ॥49॥

इसलिए जो दोष हों उन्हें पूरा करें। जो अधिक कुछ कहा हो तो उसे कम कर लें। यही मेरी आपसे विनती है ॥49॥

आतां देइजे अवधान।
तुम्हीं बोलविलां भी बोलैन।
जैसे चेष्टे सूत्राधीन।
दारु-यंत्र ॥50॥

अब मुझे ध्यान देकर सुनिए। आप जैसे बुलाएंगे, मैं बोलूंगा। (ठीक उसी प्रकार) जैसे कठपुतली सूत्रधार के सूत्र के अधीन होती है ॥50॥

तैसा मी अनुगृहीतु।
साधुचा निरोषितु।
ते आपला अलंकारितु।
भल तैसा ॥51॥

वैसे ही मैं अनुगृहीत हूं। साधु का संदेश कह रहा हूं। वे अपने-आप उसे जैसा चाहेंगे, अलंकृत कर लेंगे ॥51॥

तंव गुरु म्हणति राहीं।
हें तुज बोलावें नलगे कांही।
आतां ग्रंथा चित्त देईं।
झडकरी गा ॥52॥

तो गुरु कहते रहे कि यह सब तुझे कहना नहीं चाहिए। अब ग्रंथ पर चित्त जल्दी से लगा ॥52॥

एया बोला निवृत्तिदासु।
पावौनि परम उल्हासु।
म्हणे परियसां मना अवकाशु।
देउनियां ॥53॥

ऐसा बोलकर निवृत्तदास (ज्ञानेश्वर के गुरु) परम उल्लास प्राप्त करके बोले—अब मन लगाकर ध्यान देकर सुनिये ॥53॥

(ज्ञानेश्वरी, अध्याय 1, ओवी 32-84)

मेरी मराठी भाषा प्रेम से बोलो

तो अध्याय हा सहावा।
वरि साहित्या चिया बरवा।
सांघिजैल म्हणौनि परिसावा।
चित्त देउनि ॥1 ॥

तो यह छठा अध्याय है। यह साहित्य में भी बहुत सुंदर संगति लेकर आये इसलिए चित्त लगाकर सुनिये ॥1 ॥

माझा मह्राठाचि बोलु कवतिकें।
परि अमृतातेंही पैजेंसी जींके।
ऐसीं अक्षरेंचि रसिक मेलवीन ॥2 ॥

मेरी मराठी भाषा प्रेम से बोलो। यह अमृत से भी शर्त लगाने पर जीत जायेगी। ऐसे अक्षर मैं रसिकों के लिए एकल करूंगा ॥2 ॥

जिये कोवलिके-चेनि पाडे।
दीसति नादिचे तरंग थोकडे।
वेधे परिमलाचे बीक मोडे।
जेयाचेनि ! ॥3 ॥

जिस भाषा की कोमलता के आगे, नाद के तरंग भी छोटे लगेंगे या जो परिमल की सामर्थ्य भी कम कर देगी, ऐसी वह भाषा है ॥3 ॥

आइका रसालपणाचेया लोभा।
कीं श्रवणिंचि होथि जिभा।
बोलें इंद्रिया लागे कलभा।
येकमेकां ॥4 ॥

इसे रसिकता के लोभ से सुनिये। आपके कान की शक्ति जीभ की शक्ति बन जाए। यहां पर इंद्रियों के बीच में मानो होड़ लगी है ॥4 ॥

साहाजें शब्द तरी विषो श्रवणाचा।
परि रसना म्हणे कां रसचि हा आमुचा।
घ्राणासि भावो जाये परिमलाचा॥
हा तोचि कां होईल॥5॥

सहज रूप से शब्द श्रवण का विषय है। परंतु रसना कहती है कि यह हमारा ही रस है। घ्राण को परिमल का भाव मिले तो वह वैसा ही बन जाता है॥5॥

नवल बोलेती ये रेखेची वाहाणी।
दावितां डोलेयांपुरों लागे आणि।
ते म्हणती उधडली कां खाणि।
रूपांची हे॥6॥

इन बोलों में रेखाओं का ऐसा बहाव है कि दिखाते ही आंखें जैसे लग जाती हैं और वे आंखें खुलीं तो रूपों की खान खुल जाती है॥6॥

ऐसा इंद्रियें अपुलालां भाविं॥
झोंबती परि तो सरिसेपणेंचि बुझावी।
जैसा एकला जग चेववी।
सहस्रकरु॥8॥

ऐसे हैं इंद्रियों के अपने-अपने भाव। एक-दूसरे से मिलते हैं और सरलता से एक-दूसरे को बूझते हैं। जैसे सहस्रकर (सूर्य) अकेले सारे जगत् को चैतन्य देता है॥8॥

तैसें शब्दाचें व्यापकपण।
देखिजे असाधारण।
पाठेयां भावज्ञां फावति गुण।
चिंतामणीचे॥9॥

वैसे शब्दों की व्यापकता है। देखो असाधारण है। उनका पाठ करने से भावज्ञ को चिंतामणि के गुण मिलते हैं॥6॥

हें असो तेया बोलांची ताटें भलीं।
वरी कैवल्यरसें ओगरली।
ही प्रतिपत्ति मियां केली।
निष्कामासि ॥10 ॥

जो हो, इस बोली के थाल ऐसे भरे हैं और उसमें कैवल्य ऐसा परोसा गया है कि मैंने ही उनमें निष्काम की प्रतिपत्ति पा ली है ॥10 ॥

(ज्ञानेश्वरी, दसवां अध्याय, ओवी 1-10)

देसी भाषा का लावण्य

तैसे अध्याय हे गीतेचे।
परि अनिर्वाच्य नवमांचें।
तहीं वाखाणिलें एतुलें तुमचें।
सामर्थ्य प्रभू ॥1 ॥

वैसे अध्याय ये गीता के हैं। परंतु नौ अध्यायों तक जो अनिर्वचनीय आपकी सामर्थ्य थी, वह हे प्रभु, अब तक उनका मैंने बखान किया ॥1 ॥

हां हो एकांची षाठीचि तपनली।
एकिं शृष्टिवरि शृष्टि केली।
एकिं पाखाणि वाउनि उहरविलं।
समुद्रीं कटकें ॥2 ॥

हां, एक की पीठ ही थपथपायी। एक की सृष्टि पर सृष्टि की। एक ही पत्थर फोड़कर उसमें से पैदा की, समुद्र की तरंग सेना ॥2 ॥

एकिं आकाशीं सूर्यातें धरिलें।
एकिं चूलींचि समुद्रा शोखिलें।
तैसें तुम्हीं मजकविं बोलबिलें।
अवधारिजो ॥3 ॥

एक ने आकाश में सूर्य को पकड़ लिया। एक ने एक घूंट में समुद्र को सोख लिया। वैसे तुमने मेरी मारफत बुलवाया है। ध्यान से सुनिये ॥3 ॥

परि असो हे एथ ऐसें।
रामु रावणु जूझिनले कैसे।
ना रामु रावणु जैसे।
मीनले समरों ॥4 ॥

परंतु यह यहां ऐसा ही रहे। राम-रावण का युद्ध कैसे हुआ, जबकि न राम न रावण समर में भिडे ॥4 ॥

तैसे नवमींचे श्रीकृष्णाचे बोलणें।
आणि नवमींचेयाचि ऐसें मी ना म्हणें।
यया निवाडु तत्वजु जाणें।
जेया गीतार्थु आथि ॥5 ॥

वैसे नौवें अध्याय में श्रीकृष्ण का बोलना और मैं कहता हूं कि सिर्फ नौवें अध्याय का ही क्यों—इस बात का निर्णय तत्त्वज्ञ जानें, जो गीता के अर्थ को समझते हैं ॥5 ॥

एवं नवै अध्याय पहिले।
मियां मतीसारखे बोलिले।
आतां उत्तरखंड आदरिलें।
ग्रंथिचें आइकां ॥6 ॥

इस तरह से मैंने नौ अध्याय, अपनी मति के अनुसार प्रतिपादित किये। अब ग्रंथ के आगे के खंड आदरित किये हैं, सुनिये ॥6 ॥

तेथ विभूति प्रतिविभूति।
प्रस्तुत अर्जुना सांधिजती।
ते विदग्धा रसवृत्ती।
म्हणिपैल कथा ॥7 ॥

वहां वे (कृष्णजी) विभूति, प्रतिविभूति, प्रस्तुत करके अर्जुन को कहते हैं। वह विदग्ध रसवृत्ति कथा में कही जायेगी ॥7 ॥

देशियेचेनि नागरपणें।
शांतु शृंगारातें जीणे।
वोविया कीं होंति लेणें।
साहित्यासि ॥8 ॥

देशी (भाषा) का नागरपन, मानो शांत-श्रृंगार रस को जी रहा हो, ये मेरे ओवी छंद साहित्य के अलंकार बनें ॥8 ॥

मूलग्रंथी चेया संस्कृता।
सवें नीट महाटी पढतां।
अभिप्रायें मानलेया उचिता।
कवणि भूमी तें नेणवे ॥9 ॥

मूल ग्रंथ के संस्कृत के साथ-साथ ठीक से मराठी में पढ़ने से, उचित अभिप्राय मानने से किस भाव-भूमि पर उनकी चेतना होती है ॥6 ॥

जैसें आंगिचेनि सौंदर्यपणें।
लेणेयांसि आंगचि होये लेणें।
तेथ अलंकर लें कवण कवणें।
हें निर्वचेना ॥10 ॥

जैसे भीतर के सौंदर्य को स्वयम् अलंकार ही अलंकार बनते हैं, वहां कविता को और अलंकार कौन-से चाहिए हैं, यह शब्दों में क्या कहें ॥10 ॥

ऐसी देशी आणि संस्कृत वाणी।
एक भावाचां सुखासनीं।
शोभती ते आणि।
चोखट आइकां ॥11 ॥

ऐसी देशी और संस्कृत वाणी एक ही भाव के सुखासन पर शोभित हैं, जो जानकार हैं, वे सुनें ॥11 ॥

उदैलेयां भाव रूप।
करितां लागे रस वृत्तिचें वडप।
चातुर्य म्हणें हें पडप।
जोडलें आम्हां ॥12॥

भाव रूप उदित होने पर, रसवृत्ति को और भी वृध्दिगत है। कवित्व चातुर्य कहता है कि यह हमने पदों में और प्रतिष्ठा का वस्त्र धारण कराया है ॥12॥

तैसें देशियेचें लावण्य।
हरौनि रसां आणि जैल तारुण्य।
मग म्हणिपैल अगण्य।
गीतातत्त्व ॥13॥

वैसा इस देशी भाषा का लावण्य है। सब रसों का आरोपण कर वह तारुण्य लाती है। इसी तरह से गीतातत्त्व अगण्य होता जाता है।

(ज्ञानेश्वरी, दसवां अध्याय, ओवी 34-46)

सारस्वत का मीठा पेड़

आतां एयावरि एकादशीं।
कथा आहे दोहीं रसिं।
जेथ पार्था विश्व रुपेंसीं।
भेटि होइल ॥1॥

अब हम ग्यारहवें अध्याय में आ गये। इसमें दोनों रसों में कथा है, क्योंकि इसमें पार्थ को विश्व-रूप-दर्शन दिखाई देगा ॥1॥

जेथ शांताचेया घरा।
अद्भुत आला आहे पाहुणोरा।
आणि येरांहि रसां पांतिकरां।
जाला मानु ॥2 ॥

यहां शांत रस के घर में अदभुत रस पाहुना बनकर आया है और इन रसों में भी वह पंक्तिकार हो गया है, उसका ऐसा मान हुआ है ॥2 ॥

वधूवरांचिये मीलणीं।
जैसिं वहाडियां हिं लुगडीं लेणीं।
तैसे देशिचिथे सुखासनीं।
मिरवले रस ॥3 ॥

वधू-वर के मिलन में जैसे बरातियों को भी साड़ियां, गहने बांटे जाते हैं, वैसे देसी (भाषा) के सुखासन पर रसों की शोभायात्रा निकल रही है ॥3 ॥

परि शांताद्भुत बरवे्।
जे डोलेयांचा अंजुलिं घेयावें।
जैसे हरिहर प्रेमभावें।
आले खेवा ॥4 ॥

परंतु शांताद्भुत रस का सुंदर रूप आंखों की अंजलि से कितना पिये ? यहां तो जैसे हरिहर प्रेम-भाव से गले मिल रहे हैं ॥4 ॥

नातरि अंवसेचां दिसीं।
भेटलीं दोन्हीं बिबें जैसीं।
तेविं येकवला रसीं।
केला जेथ ॥5 ॥

नहीं तो अमावस्या के दिन जैसे दोनों बिम्ब मिलते हैं, वैसे ही यहां रसों का एक मिश्रण बना दिया गया है ॥5 ॥

मीनले गंगायमुनेचे ऊघ।
तैसें यां रसां जालें प्रयाग।
म्हणौनि सुस्नात होत जग।
आघवें एथ ॥6 ॥

मानो गंगा और यमुना की धारायें मिल गयी हों, वैसे ही यहां रसों का प्रयाग हो गया है। यहां सारा संसार उस रस से नहा उठा है ॥6 ॥

मध्यें गीतासरस्वती गुपित।
आणि दोनी रस ते वोघ मूर्त।
यालागि त्रिवेणी होये उचित।
फावली बापा ॥7 ॥

बीच में गीता सरस्वती गुप्त है और दोनों रस मूर्त दिखाई दे रहे हैं। इसलिए इसे त्रिवेणी कहें तो उचित होगा। हे श्रोताजन, यही इसका उत्तम वर्णन है ॥7 ॥

एथ श्रवणाचेनि द्वारें।
तीर्थि रिगतां सोपारें।
ज्ञानदेऊ म्हणे दातारें।
माझेनि केलें ॥8 ॥

यहां श्रवण के द्वार से तीर्थ के पास पहुंचने पर उन सीढ़ियों पर मुझे दाता बना दिया है, ऐसा ज्ञानदेव कहते हैं ॥8 ॥

तीरें संस्कृताचीं गहनें।
तोडूनि महाटिया केलीं शब्दसोपानें।
रचिलीं धर्मनिधानें।
निवृत्ति देवें ॥9 ॥

संस्कृत के गहन किनारे तोड़कर मराठी के शब्द-सोपान बनाये और वहां निवृत्तिनाथ ने धर्म-निधान बनाये।

म्हणौनि भलतेणें एथ न्हावें।
प्रयागीं माधव विश्वरूपातें पाहावें।
एतुलेनि संसारा देयावें।
तिलोदक ॥10॥

इसलिए यहां कोई भी नही सकता है। प्रयाग में माधव का विश्वरूप देखा जा सकता है और यहीं से संसार को तिलोदक देना चाहिए ॥10॥

हें असो ऐसें सावेव।
एथ सांसिनले आथि रसभाव।
जेथ श्रवणसुखाची राणिव।
जोडली जगा ॥11॥

यह ऐसी सावयव रचना है कि उसमें रसभाव का पूरा सिंचन और भराव है ही। उसमें श्रवण-सुख की चेतना और जोड़ दी है ॥11॥

जेथ शांताद्भुत रोकडे।
आणि एरां रसां पडप रोकडे।
हें अल्पचि परि उघडे।
कैवल्य जेथ ॥12॥

यहां शांताद्भुत दोनों रस हैं ही। उनमें और रसों की प्रतिष्ठा जोड़ी गयी है। उसमें अल्प माला में ही क्यों न हो, पर खुला कैवल्य है ॥12॥

तो हा अकरावा अध्याऊ।
जो देवाचा आपणपें ठेविता ठाऊ।
परि कैसा सदैवांचा राऊ।
जें एथहि पातला ॥13॥

सो यह ग्यारहवां अध्याय है। यह देवता का अपनापा रखते हुए, सदैव सबसे बड़ा राव बनकर यहां सामने आ गया है ॥13॥

आदि अर्जुनुचि काइ म्हणों पातला।
आजि हा आवडतेयाहि सुकालु जाला।
तै गीतार्थ हा आला।
महाटिया ॥14॥

पहले अर्जुन ही आश्चर्यचकित हुआ और आज वह सबका प्यारा और आनंद देने वाला बना है। उस गीता का अर्थ मराठी में दिया गया है ॥14॥

एयाचिलागि आतां माझें।
विनविलें तें आइकिजे।
तरि अवधान आतां दीजे।
सज्जनीं तुम्हीं ॥15॥

इस कारण अब मेरी विनती कृपा करके सुनिये। अब हे सज्जनो ! आप मेरी रचना पर ध्यान दें ॥15॥

आहो तेवि चि तुम्हां संतांचिये समे।
ऐसी सलगी कीर करूं न लभे।
परि मानावें जी लोभें।
अपत्या मातें ॥16॥

अजी, आप संतों की सभा में ऐसी समीपता चाह कर भी नहीं मिलती, पर मुझे अपना बच्चा मानकर मुझपर वत्सलता दिखायें ॥16॥

अहो पुंसा आपणचि पढविजे।
मग बोले तंव तंव माथा तूकिजे।
कां करविलेनि चोजें न रिझे।
बालका माए ॥17॥

अजी, इस साधारण जन को आप ही पढ़ाते हो, फिर ज्यों-ज्यों वह बोलता है त्यों-त्यों गर्दन झुकाकर उसकी प्रशंसा करते हो। माता बच्चे को जितना लाड़ करती है, उतनी वह रीझती नहीं ॥17॥

तेवि मी जें जें बोलें।
तें प्रभु तुमचेचि केलें।
म्हणौनि अवधारिजो आपुलें।
आपण देवा ॥18॥

उसी तरह से जो-जो मैं बोलता हूं, वह सब प्रभु, तुमने ही किया है। इसलिए हे देव, आप अपना अवधारण स्वयम् कीजिये ॥18॥

हें सारस्वताचें गोड।
तुम्हींचि लाविलें जी झाड।
तरी अवधानामृतें वाड।
सिंपौनि कीजे ॥19॥

यह सारस्वत का मीठा जो पेड़ आपने ही लगाया है, उसे अवधान के अमृत से सींचकर और बड़ा कीजिये ॥19॥

मग हें रसभाव फूलीं फुलैल।
नाना फलभारें भरैल।
तुमचेनि प्रसादें होईल।
उपयोगु जगा ॥20॥

फिर यह रसभाव के पुष्पों से पुष्पित होगा, नाना फलों के भार से भरेगा, आपके प्रसाद से दुनिया को उपयोगी होगा ॥20॥

येया बोला संत रिझले।
म्हणति तोखलों गा भलें केलें।
आतां सांधें जे बोलिले।
अर्जुनें तेथ ॥21॥

इन बोलों पर संत रीझे और कहने लगे कि हम संतुष्ट हुए, तुमने अच्छा किया, अब बताओ अर्जुन से वहां क्या कहा था ॥21॥

तंव निवृत्तिदासु म्हणे।
कृष्णा अर्जुनाचें बोलणें।
मी प्राकृतु काइ सांघों जाणें।
परि बोलवाल तुम्हीं ॥22 ॥

तब निवृत्तिदास कहता है कि कृष्ण-अर्जुन को बोलना मैं प्राकृत में कैसे क्या बता सकूंगा। आप ही मुझसे जो बुलवायेंगे, वही कहूंगा ॥22 ॥

अहो रानिचेयां पालेखाइरां।
नेवाणें करविलें लंकेश्वरा।
एकला अर्जुन परि अकरा।
न जीणे क्षौणी ॥23 ॥

अजी, जंगल के पत्तियां खाने वाले बंदरों ने लंकेश्वर को झुका दिया था। अकेला अर्जुन ग्यारह के बराबर है। इस पृथ्वी पर किसी को जीने नहीं देगा ॥23 ॥

म्हणौनि समर्थ होये साहाकारी।
मान्हवें कैसें चराचरीं।
तुम्ही संत तियापरी।
बोलवा मातें ॥24 ॥

इसलिए जहां समर्थ सहायता करने वाले हों, चराचर में वह कैसे न समा जायें, उसी तरह से आप संत जन मुझे बुलवायें ॥24 ॥

तरि आतां बोलतसे आइकां।
हा गीता अभिप्राऊ नीका।
जो बैकुंठनायका।
मुखौनि निगाला ॥25 ॥

तो अब बोलता हूं, सुनिये। यह अच्छा गीता-अभिप्राय है, जो बैकुंठनायक के मुख से निकला है ॥25 ॥

बापु ग्रंथु गीता।
जो वेदीं प्रतिपाद्य देवता।
तो श्रीकृष्ण वक्ता।
जिये ग्रंथीं ॥26॥

सज्जनो, यह गीता-ग्रंथ वेदों में प्रतिपादित है, जिसका वक्ता श्रीकृष्ण है ॥26॥

तेथिचें गौरव कैसें वानावें।
जे शंभूचिये मती नांगवें।
तें आतां नमस्कारिजे जीवें।
हेंचि भलें ॥27॥

उसका गौरव हम कैसे बखानें, जो शंभु की मति को भी कुंठित कर देता है। उसे अब जीव नमस्कार करें, इसी में भला है ॥27॥

(ज्ञानेश्वरी, अध्याय 10, ओवी 1-27)

अंबा की प्रार्थना

जयजय वो शुद्धे।
उदारे प्रसिद्धे।
अनबरत आनंदे।
वर्ततिये ॥1॥

जय जय हे शुद्धा, उदारा, प्रसिद्धा, अनवरत आनन्द का प्रर्वतन करने वाली मां— ॥1॥

विषयव्यालें मीठी।
दीधलेयां उठणें नाहिं ताठि।
तूझेनि वो गुरुद्दष्टी।
होये माए ॥2॥

विषय व्याल ने मुझे जकड़ लिया है, मैं उस जकड़ में से सीधे उठ खड़ा नहीं हो सकता। हे माता, तेरी गुरुद्दष्टि हो ॥2॥

तरी ताप कोणातें पोली।
कैसेनि सोसु जाली।
जरी प्रसादरस कल्लोलीं।
पूरें येसि तूं ॥3 ॥

तो ताप किस-किसको झुलसायेगा। कैसे-कैसे उसे सहन कर सकूंगा। यदि तुम प्रसाद रस-कल्लोल में बाढ़ नहीं लाओगी ॥3 ॥

योगसुखाचे सोहले।
सेवका दावीसि स्नेहाले।
सोहंसिद्धीचे लले।
पालींसि तूं ॥4 ॥

योगसुख का महोत्सव तुमने सेवकों को स्नेह से दिखाया। 'सोहं सिद्धि' का लाड़ तुम ही दे सकती हो ॥4 ॥

आधारशक्तीचां अंकिं।
वाढविसि तूं कौतुकि।
हृदयकोशपालकीं।
हालवीसि पैं ॥5 ॥

आधार शक्ति की गोदी में लेकर तुमने प्रेम से बढ़ाया और हृदय-कोश के पलने में हिलाया है ॥5 ॥

प्रत्यग्ज्योतीची वोवालणीं।
करिसी मनपवनाचिं खेलणिं।
रिद्धिसिद्धिचीं बाललेणीं।
लेवविसौमाये ॥6 ॥

तुमने प्रत्यग्-ज्योति से मेरी आरती उतारी, तुमने मन पवन के खिलौने मुझे दिये। हे माता ऋद्धि-सिद्धि के बाल-वस्त्र तुमने ही मुझे पहनाये ॥6 ॥

सतराबियेचें स्तन्य देसी।
अनाहताचा हल्लरु गासी।
समाधिबोधें निजविसी।
बुझाउनी ॥7॥

सत्रहवीं कला का स्तन पिलाया। अनाहत का गाना गाकर और समाधिबोध की लोरी सुनाकर मुझे सुलाया ॥7॥

म्हणौनि साधकां तूं माउली।
पीके सारस्वत तुझां पाउलीं।
या कारणें साउली।
न संडीं तूझीं ॥8॥

इसलिए साधकों की तो तू मां है, तेरे पैरों में सारस्वत उगता है। इस कारण से तुम्हारी छाया मैं नहीं छोड़ता।

आवो सद्गुरुचिये दीठी।
तुझें कारुण्य जेयातें अधिष्ठी।
तो सकल विद्याचिये शृष्टि।
धात्ता होए ॥6॥

आप सद्गुरु की दृष्टि में इस तरह से आती हैं कि तुम्हारी करुणा का उसमें अधिष्ठान होता है, वही सब विधाओं की सृष्टि-धात्ती है।

म्हणौनि अंबे श्रीमंते।
निजजनक ल्पलते।
आज्ञा दे पां मातें।
निरूपणीं ॥10॥

इसलिए हे अंबे, श्रीमंते, निज-जन-कल्पलते, मुझे आदेश दे कि मैं (गीता ज्ञान का) निरूपण कर सकूं ॥10॥

नवरसां भरवि सागरु।
करवी उचित रत्नांचे आगरु।
भावार्थचे गिरवरु।
निफजविं माये ॥11॥

नवरसों से सागर भर दे। उन्हें उचित रत्नों का आगार बना और भावार्थ का गिरिवर। ओ मां ! रत्नों को पैदा कर ॥11॥

साहित्य सोनेयाचियां खाणी।
उघडविं देशियेचिया अक्षोणी।
विवेकावेलीचीं लावणी।
होंदे सैघ ॥12॥

साहित्य स्वर्ण की खान में, देसी रत्नों की अक्षौहिणी खोल दे। विवेक रूपी वेल वहां सीधे फैल जाये ॥12॥

संवादफल निधानें।
प्रमेयाचिं उद्यानें।
लावीं म्हणे गहनें।
निरंतर ॥13॥

उसमें से संवाद फल निकलें। प्रमेय के गहन उद्यान वहां निरन्तर लगते रहें ॥13॥

पाखांडाचे दरकुटे।
मोडीं वाग्वाद आहांटे।
कुतर्काचिं दुष्टें।
सावजें दवडीं ॥14॥

वहां पाखंड की खर-पतवार और वाग्वाद के कांटे-बबूल सब नष्ट करो। कुतर्क के दुष्ट जंगली जानवरों को पकड़ लो ॥14॥

श्रीकृष्णचरणिं मातें।
सर्वत्र करिं वसतें।
राणिवे बैसवीं श्रोते।
श्रवणाचिये ॥15॥

हे माते, श्रीकृष्ण चरणों में सब आकर बैठें, सब श्रोता श्रवण की भक्ति से प्रेम से जमा हों, ऐसा कुछ करो ॥15॥

महाटियेचां नगरीं।
ब्रह्मविद्येचा सुकालु करी।
घेणें देणें सुखचि वेही।
जगा होदेई ॥16॥

मराठी की नगरी में ब्रह्म-विद्या की खूब उपज हो, जिससे सारी दुनिया में लेन-देन का व्यवहार बढ़े ॥16॥

तूं आपुलेनि स्नेहपल्लवें।
मातें पांगुरवीसि सदैवें।
तरि आतांचि हें आघवें।
निर्मीन मीं ॥17॥

तू अपने स्नेह-पल्लव से, हे माते, मुझे सदा ढंक कर रख, जिससे मैं यह सब अभी निर्मित कर सकूं ॥17॥

इये विनविणिये साठिं।
अवलोकिलें गुरुदृष्टी।
म्हणें गीतार्थेसिं उठीं।
न बोल बहूं ॥18॥

इस विनती के लिए गुरु-दृष्टि की ओर देख रहा हूं। अब बहुत मत बोल। गीतार्थ को कह ॥18॥

तेथ जी जी महाप्रसादु।
म्हणौनि सवियां जाला आनंदु।
आतां निरोपिजेल प्रबंधु।
अवधान दीजो ॥19॥

वहां जो-जो यह महाप्रसाद पाएंगे, वे सब आनंदित होवेंगे। अब इस प्रबंध का निरूपण करता हूं। ध्यान से सुनिये ॥19॥

(ज्ञानेश्वरी, अध्याय 12, ओवी 1-19)

श्रीकृष्णवचनामृत

कां भरलें चंद्रतारांगणिं।
नभ सिंधु आपणेयां आणि।
तैसा गीतेसिं मी अंतष्करणिं।
सूदलां तुवां ॥1॥

जैसे भरे हुए चांद-तारों के आंगन में नभ अपने-आप में सिंधु ले आता है। वैसे ही गीता को मैंने अपने अंतःकरण में आपके लिए स्थान दिया ॥1॥

जें त्रिविध मलकटां।
संडिलासि सूभटा।
म्हणौनि गीतेसिं मज वसैठा।
जालासि गा ॥2॥

जो त्रिविध दोषों से युक्त सब जगह फैला हुआ दिखाई देता है, इसीलिए मुझे गीता ने राह दिखाई ॥2॥

परि हें काइ बोलों गीता।
जी हे माझी उन्मेखलता।
जाणे तो समस्तां।
मोहां मूके ॥3॥

पर मैं यह क्या कहूं कि गीता मेरी उन्मेष-लता है, नहीं तो सब जानते हैं कि मैं मूक था ॥3॥

सेविली अमृतसरिता।
रोगु दवडुनि पांडुसुता।
अमरपण उचिता।
देउनि घली ॥4॥

अमृत-सरिता का सेवन करने से पांडवों के रोग दूर हुए और उन्हें उचित अमरता प्राप्त हुई ॥4॥

तैसे गीता हे जाणितलियां।
काइ विस्मो मोहो जावेया।
परि आत्मज्ञानें आपणपेयां।
मीलिजे एथ ॥5॥

वैसे यह गीता जानने से जो कुछ विस्मय-मोह होता है, सब जाता है और आत्मज्ञान और अपनापा यहां मिलता है ॥5॥

जेया आत्मज्ञानाचां ठाइं।
कर्म आपुलेया जीविता पाई।
होउनियां उतराईं।
लया जाए ॥6॥

जो आत्मज्ञान के स्थान पर पहुंचता है, उसको कर्म अपने-आप फल पाकर, सब ऋणों से उऋण करके वे कर्म लय पाते हैं ॥6॥

हारपलें दाउनि जैसा।
मागु सरे वीर विलासा।
ज्ञानें कलसु वलघे तैसा।
कर्मप्रासादा ॥7॥

जैसे हारने पर वीर पीछे हटता है, या कर्मप्रसाद पर ज्ञान जैसे का कलश चढ़ जाता है ॥7॥

म्हणौनि ज्ञानिया पुरुखां।
कृत्य करूं सरले देखां।
ऐसा अनाथाचा सखा।
बोलिला तो ॥8 ॥

इसलिए ज्ञानी पुरुष को कृतकृत्यता प्राप्त होती है। ऐसा वह अनाथों का सखा कहा गया है ॥8 ॥

तें श्रीकृष्णवदनामृत।
पार्थु भरुनि असे ऊसंडत।
तंव व्यासकृपा एत।
संजयासि ॥9 ॥

श्री कृष्णवदनामृत पार्थ में भरकर मानो उमड़ रहा है, ऐसे व्यास की कृपा संजय पर हुई है ॥9 ॥

तों धृतराष्ट्रा राया।
सूत असे पान करावेगा।
म्हणौनि जीवितांतु तेया।
नव्हेचि भारी ॥10 ॥

वह धृतराष्ट्र राजा का सूत (सारथी) होकर भी पान कराने वाला है, इसीलिए कहा गया है कि व्यास सदा जीवित रहेंगे, कोई उन्हें मार नहीं सकता ॥10 ॥

यहविं गीताश्रवण अवसरिं।
आवडों लागतां अनधिकारी।
परि सेखिं तेचि उजिरी।
पांति लाभली ॥11 ॥

नहीं तो गीता-श्रवण के अवसर से अनधिकारी भी उसमें रुचि लेने लगते है। परंतु वही अंत में उजली पंक्ति में बैठते हैं ॥11 ॥

जेधवां द्राक्षीं दूध घातलें।
तेधवां वायां गेलें गमलें।
परि फलपाकिं दूणावलें।
देखिलें जेविं ॥12॥

जब द्राक्ष में दूध डालते हैं तो लगता है, यह बेकार गया; परंतु फल-प्राप्ति में वह द्विगुणित हो जाता है ॥12॥

तैसी हरिवक्त्रिचीं आखरें।
संजयें सांधितलिं आदरें।
तिहीं अंधु तो अवसरें।
सुखिया जाला ॥13॥

वैसे हरि के मुख के अक्षर संजय ने आदर से जमा किये और उन्हें सुनकर वह अंधा भी सुखी हो गया ॥13॥

तेंचि महाटेनि विन्यासें।
मियां उन्मेखें ठसेठोमसें।
जाणें नेणों तैसें।
निरोपिलें ॥14॥

वही अक्षर मराठी भाषा के विन्यास में मैंने, उन्मेष से, फिर से नकल किये हैं, जैसी मेरी बुद्धि है, जितना समझ में आया, वैसे निरुपति किये हैं ॥14॥

सेवंतीये अरसिकांहिं।
आंग पांता विशेषु नाहिं।
परि सौरभ्य नेलें तिहिं।
भ्रमरिं जाणिजे ॥15॥

इस सेवती के फूल के अरसिक के बदन पर गिरने से कोई विशेषता नहीं होती, परन्तु उसकी सुरभि भ्रमर जानता है ॥15॥

तैसें घडते प्रमेय धेइजे।
न्यून तें तें मज देइजे।
जें नेणणें हें साहाजें।
रूप किं बाला ॥16॥

वैसे ही इसमें प्रमेय जो है वह आप लें। न्यून जो हो वह मुझे दें। जो जानना है, वह सहज ही रूपमय बनायें ॥16॥

तरि नेणतें जहिं होए।
तहिं देखोनि बापु किं माए।
हरिखु केंहिं न माए।
चोज करिति ॥17॥

यदि जानकार हों तो वह मां या बाप को देखकर ही हर्ष से समाते नहीं हैं, और उनसे प्रेम करते हैं ॥17॥

तैसें संत माहेर माझें।
तुहिं मीनलेयां मी लाडैजे।
तेंचि ग्रंथाचेनि व्याजें।
जाणिजो जी ॥18॥

वैसे ही ये संत मेरा पीहर हैं, ननिहाल हैं। आप तो वात्सल्य दिखायेंगे तो समझें कि मैं भी लाड से ग्रंथ के बहाने तुतला रहा हूं ॥18॥

आतां विश्वात्मकु माझा।
स्वामी श्रीनिवृत्ति राजा।
तो अवधारु वाक्यपूजा।
ज्ञानदेऊ म्हणे ॥19॥

अब मेरा गुरु विश्वात्मक श्रीनिवृत्ति राजा है। अब ज्ञानदेव कहता है कि मेरी वाक्य-पूजा का अवधारण करें ॥19॥

(ज्ञानेश्वरी, अध्याय 15, ओवी547-505)

आनंद-भंडार का जगत् में वितरण

तो श्रीकृष्णार्जुन संवादु।
नागरीं बोलिं विशदु।
सांघो दाउं बंधु।
वोवियेचा ॥1 ॥

वह श्रीकृष्णार्जुन संवाद नागरी बोली में विशद रूप से दिया गया है। वह ओवी छंद में, हे भाइयो, बताना चाहता हूं ॥1 ॥

नसुदीचि शांतिकथा।
आणिजैल किर वाक्पथा।
परि शृंगाराचां माथां।
पावो ठेविति ॥2 ॥

वैसे वह केवल शांति-कथा है, परंतु वह वाक्पथ पर लाकर, श्रृंगार के सिर पर चढ़ जायेगी ॥2 ॥

दाउं वेल्हाल देशी नवी।
जैसी साहित्यातें वोजावी।
अमृताही चूकि ठेवी।
गोडिसेपणें ॥3 ॥

यह कथा प्रेम से, देसी शब्दों में कहूंगा, जो साहित्य को व्यवस्थित मार्ग दिखायेगी। यह अमृत को भी अपनी मधुरता से पछाड़ देगी ॥3 ॥

बोलुं वेल्हावि तेनि गुणें।
चंद्रासि घे उमाणें।
रसुभंगु भुलवणें।
नादु लोपी ॥4 ॥

ये बोल इतने मधुर होंगे कि वे अपने गुणों से चांद को भी ज्वारमय बना देंगे। रसभंग यहां भूल जायेगा और नाद विलुप्त हो जाएगा ॥4 ॥

खेचरांचेया ही मना।
आणि सात्त्विकाचा पान्हा।
श्रवणासवें सुमना।
समाधि जोडे ॥5॥

खेचरों के भी मन में सात्त्विकता उमड़ आयेगी। श्रवण के साथ सुमन में समाधि जुड़ जायेगी ॥5॥

तैसा वाग्विलासु विस्तारुं।
गीतार्थेसी विश्वभरुं।
आनंदाचे आवारुं।
माडूं जगा ॥6॥

वैसे वाग्विलास का विस्तार होगा। गीतार्थ को विश्व-भर में भर देंगे। सारे जगत् में आनंद का यह भंडार खुला बिखेरेंगे ॥6॥

फीटो विवेकाची वाणि।
हो काना मना जीणि।
देखो आवडे ते खाणि।
ब्रह्मविद्येची ॥7॥

विवेक की वाणी तृप्त हो जाये, जिससे कान और मन दोनों ही ब्रह्म-विद्या की खान को चाहने लगेंगे ॥7॥

दीसो परतत्व डोलां।
पाहो सुखाचा सोहला।
रिगो महाबोधु सुकाला।
माजि विश्व ॥8॥

परम तत्त्व आंखों को दिखने लगे, यह सुख का महोत्सव देखें, सारा विश्व इस महाबोध की लहलहाती फसल से उल्लसित हो ॥8॥

हें निफजे आतां आघवें।
ऐसें बोलिजैल बरवें।
जें अधिष्ठलीं असें परदेवें।
निवृत्ती मीं ॥6॥

अब यह सब यों उपजे। ऐसे सुंदर बोल निकलें, मानो निवृत्ति (मेरे गुरु) ने मुझमें कोई दूसरा देवता ही अधिष्ठित कर दिया हो ॥6॥

म्हणौनि आखरीं सुभेदिं।
उपमालेषं कोंदाकोंदी।
झाडा देईन प्रतिपदीं।
ग्रंथार्थासि ॥10॥

इसलिए अक्षरों में सुंदर ढंग से उपमा-श्लेष सब इतने जड़ दूंगा कि प्रत्येक पद में ग्रंथार्थ का सबूत मिल जायेगा ॥10॥

हा ठाऊवेरि मातें॥
पुरतेयां आहे सारस्वतें।
केलें असे श्रीमंतें।
गुरुरायें ॥11॥

इस स्थान पर मुझे माता सरस्वती लाई है। गुरुराय ने ही मुझे यह अमीरी दी है ॥11॥

तेणें जी कृपासावायें।
मी बोलें तेतुलें सामाये।
आणि तुमचिये सभे लाहें।
गीतार्थु म्हणों ॥12॥

उन्हीं की कृपा के अभ्यास से मैं जो बोलता हूं उसमें समाता जाता हूं और यह गीतार्थ आप जैसों की सभा में पहुंचा पा रहा हूं ॥12॥

वरि तुम्हां संतांचे पाये।
आजि मी पातलां आहें।
म्हणौनि जी नोहे।
अटक कांहीं ॥13॥

फिर आप संतों के चरणों तक मैं जो आज पहुंच पाया हूं और अब (उसमें कोई) प्रतिबंध नहीं है, सीमा नहीं है ॥13॥

प्रभू काश्मीरिं मूंकें।
नुपजे जी कबतुकें।
नाहिं गुणिं सामुद्रिकें।
लक्ष्मीयेसि ॥14॥

मां सरस्वती के चमत्कार से ही मूक भी कौतुकपूर्वक बोलने लगता है, नहीं तो गुणरहित समुद्र में से लक्ष्मी कैसे पैदा होती? ॥14॥

तैसी तुम्हां संतापासिं॥
अज्ञानाची गोठि काइसी।
यालागीं नवरसिं।
वरिखेन मीं ॥15॥

वैसे ही आप संतों के सानिध्य से अज्ञान की बजर भूमि में भी मैं नवरस की वर्षा करूंगा ॥15॥

किंबहुना आघवां।
मज अवसरु देयावा।
ज्ञानदेऊ म्हण बरवा।
सांधैन ग्रंथु ॥16॥

किंबहुना यह सब मुझे अवसर दीजिये—ज्ञानदेव कहते हैं कि (आपकी ही कृपा से) मैं ग्रंथ से ठीक कह सकूंगा ॥16॥

(ज्ञानेश्वरी, अध्याय 13, ओवी 1149-1164)

श्लोकाक्षर द्राक्षलता

एवं भारताचा एवांका।
आणूनि अक्षरा एका।
संजये कुरुनायका।
दीधला हातिं ॥1॥

इस तरह से 'भारत' (महाभारत) का सारांश एक अक्षर में लाकर संजय ने कुरु नायक के हाथ में रख दिया ॥1॥

जैसा नेणों केवड़ा वन्हि।
कां परि गुणाग्निं ठेऊनि।
आणि जे सूर्यांची हाणी।
निस्तरावेया ॥2॥

जैसे आग कितनी भी हो, फिर भी, एक रस्सी छोर पर रखकर, सूर्य के ताप की कमी को भी दूर कर सकती है ॥2॥

तैसें शब्दब्रह्म अनंत।
जालें सवालक्षु भारत।
भारताचें सतें सात।
सर्वस्व गीता ॥3॥

वैसे शब्द-ब्रह्म अनंत है, सवा लाख श्लोकों का 'भारत' है। उसका सत का सत्त्व या सारसर्वस्व गीता में है ॥3॥

तेयाहिं सातां शतांचा।
इत्यर्थु हा श्लोकु शेषिचा।
व्यासशिष्य संजयाचा।
पूर्णोद्गारु हा ॥4॥

उनमें भी सात सौ का यह शेषार्थ इस श्लोक में है जो व्यास के शिष्य संजय ने पूर्ण उद्गार की तरह रचा ॥4॥

एणें एकेंचि श्लोकें।
राहे तेणें असिके।
अविद्याजाताचें नीकें।
जींतले होए ॥5।

इस एक श्लोक में ही ऐसा कुछ है कि अविद्या जात को अच्छी तरह से इसमें जीत लिया है ॥5 ॥

ऐसेया श्लोकां से सात।
गीतेचिं पदें आंगे वाहत।
पदें म्हणों किं अमृत।
गीताकाशिंचे ॥6 ॥

ऐसे सात सौ श्लोकों को लेकर गीता के पद आगे बढ़ते कहते हैं, ये पद हैं या गीताकाश को अमृत हैं ॥6 ॥

कीं आत्मराजाचिये सभे।
गीते ऊडवले हे खांबे।
मज श्लोक प्रतिभे।
ऐसे एती ॥7 ॥

या आत्मराजा की सभा में गीता खंभे की तरह अच्छे लगते हैं। ये श्लोक मुझे ऐसे ही प्रतिभामय लगते हैं ॥7 ॥

कीं गीता हे सप्तशती।
मंत्रप्रतिपाद्य भगवती।
मोहमहिषभुक्ती आनंदली असे ॥8 ॥

मानो गीता सतसई है, मंत्र प्रतिपाद्य भगवती है जो मोह महिषासुर का वध करके आनंदित है ॥8 ॥

म्हणौनि मनें कायें वाचा।
जो सुवकु होईल इयेचा।
तो स्वानंदसाम्राज्यींचा।
चक्रवर्ति करी ॥9॥

इसलिए मन-काया-वचन से जो इसका सेवक होगा, वही स्वानंद साम्राज्य का चक्रवर्ती बनेगा ॥9॥

किं अविद्या तिमिर रोखें।
श्लोकसूर्याचें सावाइकें।
खेलविले गीतामीखें॥
रायें श्रीकृष्णें ॥10॥

या अविद्या तिमिर को रोकने के लिए श्लोक सूर्य की सहायता लेकर गीता के निमित्त श्रीकृष्ण राय ने यह खेल दिखाया है ॥10॥

किं श्लोकाक्षरद्राक्षलता।
मांडौ जाली आहे गीता।
संसारपथश्रांता।
विसांवावेया ॥11॥

मानो श्लोकाक्षरों की यह अंगूरों की बेल इस गीता के रूप में मंडप पर छाई है, जो संसार-पथ पर चलते थके हुए पथिक को विश्राम दे रही है ॥11॥

किं सभाग्यसंतीं भ्रमरीं।
केले ते श्लोक कल्हारिं।
श्रीकृष्णांस्यसरोंवरीं।
सांसिनली हे ॥12॥

या श्रीकृष्ण के वचनों के सरोवर में ये श्लोक कमल की तरह खिले हैं, जिन पर सद्भाग्य से संत रूपी भ्रमर मंडरा रहे हैं ॥12॥

किं श्लोक नव्हति आन।
गमे गीतेचें महिमान।
बाखाणितें बंदिजन।
उदंड जैसे ॥13॥

या श्लोक नहीं होकर ये गीता की महिमा गाने वाले अनेक बंदीजन हैं ॥13॥

किं श्लोकांचिया आवरां।
सात से करूनि सौंदरा।
सर्वागम गीतापुरा।
वसों आले ॥14॥

मानो गीता के आवार में सात सौ सुंदर भवन बनाकर यह सब तरह से श्रेष्ठ गीतापुर बसाया है ॥14॥

किं निजकांता आत्मेया।
आवडि गीता मिलावेया।
श्लोक नव्हंति बाह्या।
पसरुं कां जो ॥15॥

मानो निज आत्मीय कांत से मिलने के लिए गीता ने प्रेम से अपनी भुजाएं फैलायी हैं ॥15॥

किं गीता कमलिंचे भृग।
किं गीतासागरतरंग।
किं हरिचे हे तुरंग।
गीतारथिंचे ॥16॥

मानो गीता कमल के भृंग। या गीता सागर तरंग या गीता रथ के ये भगवान के तुरंग (घोड़े) हैं ॥16॥

किं श्लोकसर्वतीर्थोतु।
आली गीता गंगा अद्भुतु।
जे अर्जुन जाला सिंहस्थु।
म्हणौनिया ॥17॥

मानो श्लोक सब तीर्थ हैं जिनमें गीता गंगा अद्भुत आई है। अर्जुन के लिए यह सिंहस्थ पर्व आ गया ॥17॥

किं नव्हे हे श्लोक श्रेणी।
सतत जाली चिंतामणी।
कीं निर्विकल्प लावणी।
कल्पतरूची हे ॥18॥

मानो ये श्लोक श्रेणी सतत चिंतामणि की तरह से हैं, मानो कल्पतरु की यह निर्विकल्प शाखा लगाने जैसा है ॥18॥

ऐसेयां से सात श्लोकां।
परी आगला एकु एका।
आतां कोणु बेगलिका वानावा पां ॥19॥

ऐसे ये सात श्लोक हैं और उनमें एक से एक अद्वितीय हैं। उन्हें अलग-अलग क्या बखाना जा सकता है।19॥

दीपा आदीलु मागीलु।
सूर्यासि धाकुटा वडीलु।
अमृतसिंधु खोलु।
उतलु काइसा ॥20॥

दीपक का आगा-पीछा या सूर्य में बड़ा-छोटा, अमृतसिंधु का गहरा या उथला होना क्या कहें? ॥20॥

तानी आणि पारिठी।
इया कामधेनूतें दीठी।
सूनि जैसिया गोठी।
कीजती नां ॥21॥

छोटी हो या बड़ी, इस कामधेनु की दृष्टि ही काफी है। वह बछड़े की ओर सब जगह लगी रहती है ॥21॥

तैसे पहिले आणि सरते।
श्लोक न म्हणावे गीते।
जूनि नविं पारिजातें।
असति काइ ॥22॥

वैसे गीता के पहले और बाद के श्लोकों के विषय में क्या कहें? पारिजात पुष्प में पुराने-नये कहीं होते हैं? ॥22॥

आणि श्लोकां पाडु नाहिं।
हें किर समर्थु काई।
येथ बाच्य वाचकहि।
भागु न धरी ॥23॥

और श्लोकों का अंत नहीं। इनकी सामर्थ्य में कहीं कमी नहीं। इनमें वाच्य वाचक का भाग (हिस्सा) न समझें ॥23॥

(ज्ञानेश्वरी, अध्याय 18)

देशिकार दूर्वादल

आणि तो मियां हा आतां।
व्यासाचिं पदें पाहांत पाहातां।
आणिला श्रवणपथा।
महाटिया ॥1॥

और व्यासजी के वे पद देखते-देखते मैंने मराठी के श्रवण पथ तक पहुंचाये हैं ॥1॥

व्यासादिकांचे उन्मेष।
राहाटती जेथ साशंक।
तेथ भी रंक येक।
वाचालैं करीं ॥2॥

व्यासादि का उन्मेष पूरी तरह जहां बड़े-बड़े विद्वानों की समझ में नहीं आया है, वहां मेरे जैसे रंक की वाचालता क्या अर्थ रखती है ॥2॥

परि गीता ईश्वरू भोला।
ले व्यासोक्तिकुसुममाला।
तरि माझिया दूर्वादला।
ना न म्हणे ॥3॥

पर गीता-ईश्वर भोला है, जहां वह व्यासोक्ति कुसुममाला का ग्रहण करता है, वहां मेरे दूर्वादल को भी वह ना नहीं कहता ॥3॥

आणि जेया सिंधुतटा।
पाणियां येंति गजघटा।
तरि काइ मुरकटां।
वारिज़तसे ॥4॥

जैसे सागर के किनारे पर बड़ी-बड़ी घटाएं पानी भरने आती हैं, वहां कोई छोटी-सी गगरी भी ले जाये तो वह उसे नहीं बजता ॥4॥

पांखिकुटें पांखिरु।
गगनीं नुडे तरि काइ करूं।
नभ क्रमूनि थोरू।
गरुडु देखैं ॥5॥

पंखकटा छोटा पंछी गगन तक नहीं उड़ सके तो वह क्या करें? वह गरुड़ को नभ में भ्रमण करते हुए देख तो सकता है ॥5॥

राजहंसाचें चालणें।
भूतलिं चालावें कवणें।
तरि आणिकिं ही कुंटेपणें।
चालावें लागे ॥6॥

राजहंस की चाल से भूतल पर कौन चल सकता है? हमें तो वैसे ही लड़खड़ाते हुए चलना पड़ता है ॥6॥

जी आपुलेंनि अवकाशें।
अगाध घेपे कलशें।
चूलु चूलु पाणी ऐसें।
घेउनि निगे ॥7॥

अपने भीतर अवकाश होने से कलश में अगाध पानी की धार समा जाती है, पर चुल्लू-चुल्लू या घूंट-घूंट पानी भी उससे लिया जा सकता है ॥7॥

दिवियेच्या आंगिं थोरी।
तरि ते बहुतांते जातें करी।
वाति आपुलिया परी॥
आणीकीं ना ॥8॥

दीपक में यह बड़प्पन है कि वह कई लोगों को रास्ता दिखाता है, पर छोटी-सी बर्तिका में भी अपने ढंग से थोड़ा प्रकाश दिखाने की शक्ति होती है ॥8॥

जी समुद्राचेनि पैसें।
समुद्रीं आकाशें आभासे।
थिलरीं थिलरा ऐसें।
बिंबेचि पैं ॥9॥

समुद्र का विस्तार इतना अधिक होता है कि उसमें सारा आकाश उद्भासित होता है, तो छोटे-से उथले गड्ढे में भी समुद्र का बिंब दिखाई दे सकता है ॥9॥

तेवि व्यासादिक महामती।
वावरों ये इये ग्रंथीं।
मा आम्ही ठाकों हे युगुति।
नि मलेचि कीर ॥10॥

वैसे व्यासादि महामति, इस ग्रंथ में भी व्याप्त हैं। हम छोटे हैं परंतु उनकी युक्ति कुछ हमें भी सहीं मिल गई है ॥10॥

जिये सागरीं जलचरें।
संचरती मंदराकारें।
तेथ काइ सफरें।
पव्हों न ल्हांति ॥11॥

जिस सागर में बड़े-बड़े पर्वताकार जलचर हैं, वहां क्या मछलियां दिखाई नहीं देती हैं ॥11॥

अरुणु आंगाजवलिके।
म्हणौनि सूर्योंते तो देखे।
मा भूत लींचि ने देखे।
मुंगी काई ॥12॥

अरुणोदय होने से ही, सूर्य दिखाई देता है। मैं एक चींटी जैसा हूं, उसी के सहारे भूतल देखता हूं ॥12॥

इयालागीं आम्हां प्राकृतां।
देशिकारें बांधों गीता।
म्हणणें हें अनुचिता।
कारण नव्हे ॥13॥

इसलिए हमने प्राकृत में यह देशिकार गीता लिखी है, इसे आप अनुचित न मानें ॥13॥

आणि बापु पुढां जाये।
देखां उचलतां पायें।
आणि हळू हळू ये।
तरि तें न पवो कांई ॥14॥

और बाप आगे बढ़ता है, बड़े-बड़े कदम उठाकर चलता है किन्तु पीछे धीरे-धीरे छोटा बच्चा भी चलता है ॥14॥

तैसा व्यासाचा मागोवा घेतू।
भाष्यकारातें पूसतु।
अयोग्युही मी न पवतु।
कें जाइन ॥15॥

वैसे ही व्यास का अनुसरण करते हुए, भाष्यकारों से पूछते-पूछते मैं, अयोग्य होने पर भी, आगे जाऊंगा ॥15॥

आणि पृथ्वी जेया क्षेमा।
नुभगे स्थाबरजंगमा।
जेयाचेनि अमृतें चंद्रमा।
निववी जग ॥16॥

और पृथ्वी जिसके क्षेम से स्थावर-जंगम नहीं पहचानती, जिसके अमृत से चंद्रमा जगत् को शांत करता है ॥16॥

जेयाचें आंगें असिकें।
तेज लाहूनि अर्कें।
आंधाराचे सावाइकें।
लोटिजतसे ॥17॥

जिसके अंग से संपूर्ण तेज लेकर सूर्य अंधेरे का यह समूह पीछे हटाता है ॥17॥

समुद्रा जेयाचें तोए।
तोया जेयाचें माधुर्य।
माधुर्या सौंदर्य।
जेयाचें होतें॥18॥

समुद्र में पानी, पानी में मधुरता, मधुरता में सौंदर्य जिसके कारण होता है॥18॥

पवना जेयाचें बल।
आकाश जेणें पघल।
ज्ञान जेणें उज्वल।
चक्रवर्ती॥19॥

जिसके बल से पवन चलता है, जिससे आकाश पिघलता है, जिससे ज्ञान उज्ज्वल और चक्रवर्ती बनता है॥16॥

वेद जेणें सुभास।
सुख जेणें सोल्लास।
हे असों रूपस।
विश्व जेणें॥20॥

जिससे वेद सुभाष हैं, जिससे सुख सोल्लास है, जिससे विश्व रूपमय होता है॥20॥

तो सर्वोपकारी समर्थु।
सद्गुरु श्री निवृत्तिनाथु।
राहाटत मज आंतु।
रिगौनियां॥21॥

वह सर्वोपकारी समर्थ सद्गुरु श्री निवृत्तिनाथ मुझे भीतर से प्रेरणा देता है और आगे ले जाता है॥21॥

आतां आइती गीता जगीं।
मी सांगें महाटिया भंगीं।
येथ कें विस्मयालागि।
ठाऊ असे ॥22 ॥

अब इस जग में जो गीता है, उसे मैं मराठी शैली में कहने जा रहा हूं। क्या इसमें कोई आश्चर्य की बात है ॥22 ॥

श्रीगुरुवेनि नावें माती।
डोंगरीं जेयापासि होती।
तेणें कोलियें त्रिजगती।
एकावद केली ॥23 ॥

श्रीगुरु के नाम पर मिट्टी कण-कण इकट्ठा करके व्याध वाल्मीक बनता गया और उसने नीनों जगत इकट्ठे कर लिये ॥23 ॥

चंदनें बेघिलीं झाड़ें।
जालिं चंदनाचेनि पाडें।
वसिष्टें मानिली कीं भांडें।
भानुसीं पाठी ॥24 ॥

जिन वृक्षों के आसपास चंदन हो, वे स्वयं चंदन जैसे हो जाते हैं। वसिष्ठ मुनि ने तो सूर्य को अपनी पीठ पर ले लिया ॥24 ॥

मा भी तंव चित्ताथिला।
आणि श्रीगुरु ऐसा दादुला।
जो दीठीवेनि आपुलां।
बैसवी पदीं ॥25 ॥

इस तरह से मैंने भी चित्त स्थिर किया और श्रीगुरु ऐसा पिता है जो देखते ही देखते अपने पद पर शिष्य को बैठा देता है ॥25 ॥

आधींचि देखणी दीठि।
वरि सुर्यु पुरवी पाठि।
तैं न दिसे ऐसी गोठि।
कोठें असे ॥26॥

वैसे ही दृष्टि इतनी सुंदर है। ऊपर से सूर्य पीठ के पीछे है। तब दिखाई न दे, ऐसी बात कहीं हुई है ॥26॥

म्हणोनि माझे नीच नवे।
श्वास हो प्रबंध होआवे।
श्रीगुरुकृपा काइ न्हवे।
ज्ञानदेऊ म्हणे ॥27॥

इसलिए मेरे क्षुद्र नये श्वास भी प्रबंध बन जायेंगे। ज्ञानदेव कहते हैं कि श्रीगुरु कृपा से क्या नहीं हो सकता ॥27॥

ग्रंथ वैभव

या कारणें मियां।
गीतार्थु महाटिया।
केला लोकां लागिया।
दीठिचा बिखो ॥28॥

इस कारण से मैंने गीतार्थ को मराठी में लिखा, जिससे लोगों की दृष्टि मिलें ॥28॥

परिमहाटे बोल रंगे।
कवलितां जैं गीतांगें।
तें गा तेयाचेनि पांगें।
एकावट जाले ॥29॥

परंतु मराठी के बोल में रंग कर गीता के अंग अलिंगित किये हैं जिससे उनकी सब चाह पूरी हो जाये ॥29॥

म्हणौनि गातां गाऊ म्हणे।
तैं गाणिवें होये नेणें ॥
ना मोलें तरि उणें।
गीताहीं न आणिती ॥30 ॥

इसलिए गाने वाले को 'गाओ' कहने से ही गाना होता है, नहीं तो उसका कितना भी मूल्य दो फिर भी कम है। वैसे ही क्या मोल देकर गीता आती है ॥30 ॥

सुंदर आंगीं लेणें न सूए।
तैं तो मोकला श्रिंगारू होए।
ना लेइलें तरि आहे।
तैसें कें उचित ॥31 ॥

सुंदर शरीर पर अलंकार नहीं सुहाते। वह तो खुला शृंगार होता है। गहने नहीं पहनने से भी वह सुंदर ही लगता है ॥31 ॥

कां मोतियाची जैसी जाति।
सोनेयांहि मानु देंति।
ना यहविं तहिं मानवति।
आंगेचि गुणु ॥32 ॥

या जैसे मोतियों की अपनी जाति है, सोने को भी वह मान देती है और सोना न होने पर भी अपने अंगगत गुणों से वह चमकदार होती है ॥32 ॥

नाना गुंफिलीं कां मोकलीं।
उणीं नव्हंति परिमलीं।
वसंतागमींचिं वाटौलीं।
मोगरिं जैसिं ॥33 ॥

बसंत के आगमन पर मोगरे के फूलों को नाना हारों में गूंथने पर या खुले-खुले रहने पर, जैसे सुगंध में कभी नहीं होती ॥33 ॥

तैसी गाणीव तें मिरवी।
गीतेंवीण रंगु दावी॥
तो लोभचां बंधु ऊवीं।
केली मियां॥34॥

वैसे गानो में जो प्रदर्शन करता है, बिना गीत के भी जो रंग दिखाना चाहता है। इस प्रकार का लोभ का बंधु ओवी छंद मैंने रचा है॥34॥

तेणें आबालसुबोधें।
ऊवियेचेनि बंधे।
ब्रह्मरससुस्वादें।
आखरें गुंफिलीं॥35॥

जिससे आबाल-वृद्ध सबको सुबोध हो। ओवी छंद में बंधने से ब्रह्मरस का सुस्वाद और भी बढ़े, ऐसे अक्षर मैंने गुंफित किये हैं॥35॥

आतां चंदनाचां सेजारीं।
परिमलालागिं निभिष भरी।
पारुखणें जियापरी॥
न लगे तेथ॥36॥

चंदन के समीप जाने पर जैसे परिमल को परखने के लिए वहां क्षण-भर रुकना नहीं पड़ता॥36॥

तैसा प्रबंधु हा श्रवणीं।
लागतखेंऊ समाधि आणी।
आइकिलेयां वाखाणी।
व्यसन न लबी॥37॥

वैसे ही यह प्रबंध-श्रवण करते ही ओस् समाधि लग जाती है। श्रोता इसे सुनकर और प्रशंसा करता है—व्यसन नहीं लगाता॥37॥

पाकु करिति व्याजें।
पांडित्यें एथ वेखजें।
तैं अमृतातें नेणिजे।
पातलेयां ॥38 ॥

जो यहां पांडित्य से परिपाक की बातें करते हैं, उन्हें अमृत सामने आने पर भी पहचान में नहीं आता ॥38 ॥

तैसेनि आइतेपणें।
कवित्वा जालें उभणें।
मनननिदिध्यासश्रवणें।
जींतलें आतां ॥39 ॥

वैसे यह सहज भाव से कवित्व सामने आकर खड़ा है। मनन, निदिध्यास, श्रवण से सब अब जीत लिए हैं ॥39 ॥

हे स्वानंदभोगाची सेल।
भलतयासीचि देईल।
सर्वेंद्रिया पोसवील।
श्रवणाकरवीं ॥40 ॥

यह स्वानंद भोग की बोली है। इसे जो चाहे ले ले। श्रवण के द्वारा वह सब इंद्रियों का पोषण करेगी ॥40 ॥

चंद्रातें आंगवणें।
भोगूनि चकोर सिहाणे ॥
तव्ही फावे जैसें चांदिणें भलतेया ॥41 ॥

चंद्र को अपनाना और उसका सेवन करके सराहना चकोर को ही आता है। फिर भी चांदनी सभी साधारण लोगों को अच्छी लगती है ॥41 ॥

तैसें अध्यात्मशास्त्रीं इये।
एक अंतरंगचि अधिकारियें।
येरि लोक वाक्चातुर्ये।
होईल सुखिया ॥42 ॥

वैसे ही यहां अध्यात्मशास्त्र में जो बैठता है वही इसके अंतरंग भाव का अधिकारी है। परंतु अन्य लोग भी इसके वाक्चातुर्य से सुखी होंगे ॥42 ॥

ऐसें श्री निवृत्तनाथाचें।
गौरव असें जी साचें।
ग्रांथु नव्हे हें सुकृपेचें।
वैभव तिये ॥43 ॥

ऐसे श्री निवृत्ति नाथ का (गुरु का) यह सच्चा गौरव है, यह ग्रंथ नहीं है, सुकृपा का वैभव ही है ॥43 ॥

(ज्ञानेश्वरी, अध्याय अठ्ठारह)

दुरितों का तिमिर जाये

आतां विश्वात्मकें देवें।
एणें वायग्तोज्ञें षावें।
तोखौनि मज देयावें।
पसायदान हें ॥1 ॥

अब विश्वात्मक देव आप मेरे वाग्यज्ञ से तुष्ट हों। तुष्ट होकर मुझे यह प्रसाद दान दें ॥1 ॥

जे खलांची वांकुडै मोडे।
तैया सत्संगीं रति वाढे।
भूतां परस्परें पडे।
मैत्र जीवाचें ॥2 ॥

जिससे दुष्टों के कुचक्रों का दलन हो, वहां सत्संग में प्रेम बढ़े, जीवों में और भूतमात्र में परस्पर मैत्री बढ़े ॥2 ॥

दुरिताचें तिमिर जाऊ।
विश्रव स्वधर्मसूर्यें पाहो।
वांछील तें तें लाहो।
प्राणिजात ॥3 ॥

दुरितों का तिमिर जाये। विश्व स्वधर्म सूर्य देखे। जो-जो कुछ चाहता है, वह प्राणिजगत् को मिले ॥3 ॥

वर्षतें सर्व मंगलीं।
ईश्वरनिष्ठांची मांदियली।
अनव्रत भूतलीं।
भेटोतु भूतां ॥4 ॥

सब ओर मंगल-वर्षा हो। ईश्वरनिष्ठों का समूह बढ़े, महोत्सव हो और भूतल में सब जीवों को अनवरत आनंद मिले ॥4 ॥

चलां कल्पतरूचे अरव।
चेतवा चिंतामणीचें गांव।
बोलते पां अर्णव।
पीयूखांचे ॥5 ॥

चलो कल्पतरु के वन में चलें। चिंतामणि का गांव हम चैतन्य से प्रेरित करें। अमृत का समुद्र हम मुखर बना दें ॥5 ॥

चंद्रमे जे आलंछन।
मार्तंड जे तपहीन ॥
ते सर्वांही सदा सज्जन।
सोयरेहोंतु ॥6 ॥

चंद्रमा लांछन-विहीन हो, सूर्य तापहीन हो, वैसे सबको सदा सज्जन संबंधी मिलें ॥6 ॥

किंबहुना सर्वमुखीं।
पूर्णा होऊनि तिहिं लोकिं।
भजिजो आदिपुरुषीं।
अखंडित ॥7 ॥

किंबहुना तीनों लोक में पूर्ण होकर सबके मुख से आदिपुरुष का अखंडित भजन होता रहे ॥7 ॥

आणि ग्रंथोपजीविये।
विशेषें लोकीं इये।
दृष्टादृष्टविजयें।
होआवें जी ॥8 ॥

और विशेष रूप से ग्रंथोपजीवी को, इस लोक में दृष्टा दृष्ट विजय प्राप्त हो ॥8 ॥

येथ म्हणे विश्वेश्वरुराऊ।
हा होइल दाओपसाऊ।
एणें वचनें ज्ञानदेऊ।
सुखिया जाला ॥9 ॥

यहां विश्वेश्वर राजा भी सामान्य जन तक पहुंचेगा। उसकी बात सुनकर ज्ञानदेव सुखी हुआ ॥9 ॥

ऐसें युगीं वरि कलीं।
आणि महाराष्ट्रमंडलीं।
श्री गोदावरीचां कुलीं।
दक्षिणिलीं ॥10 ॥

ऐसे कलियुग में, महाराष्ट्रमंडल में, गोदावरी दक्षिण तीर पर ॥10 ॥

तेथ त्रिभुवनैकपवित्र।
अनादि पंचक्रोशक्षेत्र।
जगाचें जीवन सूत्र।
जेथ श्रीमहालसा ॥11॥

त्रिभुननैकपवित्र, पंचकोश क्षेत्र में, जहां जगत् का जीवन सूत्र महालसा देवी का मंदिर है ॥11॥

तेथ यदुवंशविलासु।
जो सकलकलां निवासु।
न्यायातें पोखीत क्षितीशु।
श्रीरामचंद्रु ॥12॥

वहा यदुवंश विलास, सकल कला निवास और न्याय का पोषण करने वाले क्षितीश श्रीरामचंद्र विराजते हैं ॥12॥

तैं महेशान्वय संभूतें।
श्री निवृत्तीनाथसुतें।
केलें ज्ञानदेवें गीते।
देशीकार लेणें ॥13॥

वहां महेशान्वय संभूत श्री निवृत्तिनाथ सुत ज्ञानदेव ने गीता को देशी अलंकार पहनाये ॥13॥

एवं भारताच्या गावीं।
भीष्मनाम प्रसिद्ध पर्वीं।
श्रीकृष्णार्जुनीं बरवीं।
जे गोष्टी केली ॥14॥

एवं 'भारत' के गांव में भीष्म नामक प्रसिद्ध पर्व में, श्रीकृष्ण और अर्जुन ने जो अच्छा संवाद किया ॥14॥

जे उपनिषदांचें सार।
सर्व शास्त्रांचें माहिएर।
परम हंसीं सरोवर।
सेविजे जें ॥15॥

जो उपनिषद् का सार है, सब शास्त्रों का नैहर है, परमहंस जैसे सरोवर में विहार कर रहे हों ॥15॥

तिये गीतेचा कलशु।
संपूर्ण हा अष्टादशु।
म्हणे निवृत्तिदासु।
ज्ञानदेवो ॥16॥

उस गीता का कलशाध्याय यह अठारहवां अध्याय है, ऐसा निवृत्तिदास ज्ञानदेव कहते हैं ॥16॥

पुडुतीं पुडुतीं पुडुतीं।
इया ग्रंथा पुण्यसंपत्ती।
सर्वसुखी सर्वभूतीं।
संपूर्ण होईजो ॥17॥

इसके आगे-आगे और आगे इस ग्रंथ से पुण्य संपत्ति, सर्व को सुख और सब भूतों में संपूर्णता मिले ॥17॥

(ज्ञानेश्वरी, अध्याय अठारह)

ग्रंथपरिहार

परी गा श्रीनिवृत्ति राया।
हातांतलीं सुखविलें तूं या।
तरी निवांतचि मियां।
भोगावें कीं ॥1॥

ओ श्री निवृत्तिराय, तुमने अपनी हथेली पर इसे खिलाया, वह मैं एकांत में ही भोग सकूंगा ॥1॥

परी महेशें सूर्या हातीं।
दिधली तेजाची सुती।
तया भासा अंतर्वर्ती।
जगचि केलें ॥2 ॥

परंतु महेश ने सूर्य के हाथों में, तेज की पुत्री दी। उसने सारे भास को अंतर्वर्ती जगत् बना दिया ॥2 ॥

चंद्रासी अमृत घातलें।
तें तयाचि कायी येतुलें।
कीं सिंधु मेघासी दिधलें।
मेघा भागु ॥3 ॥

चंद्र को अमृत दिया तो वह उसने उसी के काम में अर्पित किया। या जैसे सिंधु मेघ को दिया, उसी मेघ के भाग को जो उसने उसे दिया था ॥3 ॥

दिवा जो उजिवडु।
तो धराचाचि सुरवाडु।
गगनीं थी पवाडु।
जगाचा कीं ॥4 ॥

दीपक जो प्रकाश देता है, वह घर को ही सुख देता है। सूर्य के अस्त होने पर वह जगत् को दिखाता है ॥4 ॥

अगाधें ही ऊचंबळती।
ते चंद्रीची ना शक्ति।
वसंतु करी तैं होती।
झांडांचें दानी ॥5 ॥

यह चंद्र की शक्ति नहीं है जो यह अगाध सागर उमड़ता है। वसंत जो करता है, वही होता है, किन्तु सभी वृक्ष को दानी कहते हैं ॥5 ॥

म्हणोनि असंवर्य।
हें देविकेचें औदार्य।
वांचूनि स्वातंतर्य।
माझें नाहीं ॥6 ॥

इसलिए यह दैविक औदार्य संवरण योग्य नहीं है। उनसे अलग मेरी अपनी कोई स्वतंत्रसत्ता नहीं है ॥6 ॥

आणि हा येव्हडा ऐसा।
परिहारु देऊं कायसा ॥
प्रभु प्रभावविन्यासा।
आड ठाऊनि ॥7 ॥

और प्रभु प्रभाव विन्यास को अलग रखकर मैं इतना बड़ा परिहास कैसे दूं ॥7 ॥

आम्ही बोलिलों जें कांहीं।
तें प्रगटचि असे ठाईं।
मा स्वयंप्रकाशा काईं।
प्रकाशावें बोलें ।8 ॥

हम जो कुछ बोल रहे हैं, वह तो सब जगह प्रकट है। क्या मैं उस स्वयं प्रकाश को कुछ प्रकाशित कर सकता हूं ॥8 ॥

विपायें आम्ही इन।
कीजे तें पा मौन।
तरी काय जनीं जन।
दिसतें ना ॥6 ॥

हम जो कुछ उपाय करें वे तो मौन हैं, नहीं तो क्या जन में जन दिखाई देते हैं ॥9 ॥

जनातें जनें देखतां।
द्रष्टाचि दृश्य तत्त्वतां।
कोन्ही न होनि आयितां।
सिद्धांतु हा ॥10॥

जन में जब जन देखते हैं तो तत्त्वतः द्रष्टा ही दृश्य बनता है, कोई भी ऐसा तैयार सिद्धांत नहीं ले आता है ॥10॥

यया परौतें कांहीं।
संविद्रहस्य नाहीं।
आणि हें तया आधींहि।
असतचि असे ॥11॥

इससे अलग कुछ संविद रहस्य नहीं है। और वह भी इस सबसे पहले सब कुछ था ही ॥11॥

तही ग्रंथ प्रस्तावो।
न घडे म्हणे पावो।
तरी सिद्धानुवाद लाहो।
आवडीं करूं ॥12॥

फिर भी ग्रंथ में प्रस्ताव नहीं होता है। ऐसा स्वीकारो तो सिद्धानुवाद प्रेम से ग्रहण करो ॥12॥

पढियंतें सदा तेंचि।
परि भोगीं नवी नवी रुची।
म्हणोनि हा उचितुचि।
अनुवादु सिद्धु ॥13॥

वही सदा पढ़ते हैं, पर हर बार नयी-नयी रुचि आती है, इसलिए यह सिद्ध अनुवाद उचित है ॥13॥

या कारणें मियां
गौप्य दाविलें बोलोनियां।
ऐसें नाहीं आपसया।
प्रकाशुचि हा ॥14॥

इस कारण से मैंने गुप्त बात बोलकर बताई है। नहीं तो आपसे भिन्न यह प्रकाश और नहीं है ॥14॥

पूर्ण अहंता वेढलों।
सैंध आम्हींच दाटलों।
मा लोपलों ना प्रगटलों।
कोण होऊनी ॥15॥

पूर्ण अर्हता से घिरे हुए होने पर हम अलग-अलग भी हैं ऐसा भी कहते हैं। मैं और किसी में न लुप्त हुआ हूं, न किसी से प्रकट ॥15॥

आपणया आपणपें।
निरूपण काये वोपे।
मा उगेपणें हरपे।
ऐसें आहे ॥16॥

अपने-आप ही अपना निरूपण क्या करें? चुपचाप जैसे सो जायें, ऐसा ही यह कुछ है ॥16॥

म्हणोनि माझी वैखरी।
मौनाचेंही मौन करी।
हे पाणियावरी मकरी।
रेखिली पां ॥17॥

इसलिए मेरी वैखरी मौन को भी मौन करती है। जैसे पानी पर मकर का चित्र बनाया हो ॥17॥

एवं दशोपनिषद।
पुढारीं न ढलतीं पदें।
देखोनि बुडी बोधें।
येथेंचि दिधली ॥18॥

इस तरह से दस उपनिषदों के आगे कोई पद नहीं बढ़ते हैं। देखकर बुद्धिमान् लोग वहीं डुबकी लगाते हैं ॥18॥

ज्ञानदेव म्हणे श्रीमंत।
हें अनुभवामृत।
सेउनी जीवन्मुक्त।
हेंचि होतु ॥19॥

ज्ञानदेव कहते हैं यह अनुभवामृत श्रीमंत है। उसका सेवन करके जीवनमुक्त होते हैं ॥19॥

मुक्ति कीर वेल्हाल।
अनुभवामृत निखल।
परी अमृताही उठी लाल।
अमृतें येणें ॥20॥

मुक्ति बड़ी प्रेममयी है, उसका यह शुद्ध अनुभवामृत है। इससे अमृत के भी मुंह में पानी भर आता है ॥20॥

नित्याचा चांदु होये।
परी पुणिवेचा आनु आहे।
हें कां मी म्हणों लाहे।
सूर्यदिठी ॥21॥

नित्य का चंद्र तो होता ही है, परंतु पूर्णिमा का चंद्र सर्वथा विशेष होता है। यह मैं क्या बताऊं जिसकी सूर्य ने दृष्टि दी है ॥21॥

प्रिया सावायिली होये।
तैं अंगीचे अंगी न समाये।
येरव्हीं तेथेंचि आहे।
तारुण्य कीं ॥22 ॥

जैसे प्रिया अधिक प्रेममयी हो जाये तो उसके अंग अंग में नहीं समाते। नहीं तो वैसे तो यौवन होता ही है ॥22 ॥

वसंताचा आला।
फलीं फुलीं आपला।
गगनाचिया डाला।
पेलती झाडें ॥23 ॥

वसंत आने पर फल-फूलों से भरपूर जैसे वृक्ष गगन तक नहीं समाते ॥23 ॥

यालागीं हें बोलणं।
अनुभवामृतपणें।
स्वानुभूति परगुणें।
वोगरिलें ॥24 ॥

इसलिये अनुभवामृत से भरी यह वाणी स्वानुभूति के परगुण से और बढ़े हुए है ॥24 ॥

मुक्त मुमुक्षु बद्ध।
हे तंववरी योग्यता भेद।
अनुभवामृतस्वाद।
विरुध जंव ॥25 ॥

मुक्त मुमुक्षु बद्ध ये सारे योग्यता भेद तक ही है जब तक कि अनुभवामृत स्वाद नहीं लिया है ॥25 ॥

गंगा अवगाहना आलीं।
पाणियें गंगाचि जालीं।
कां तिमिरें भेटलीं।
सूर्या जैसीं ॥26॥

गंगा में आकर मिला हुआ हर पानी गंगा जल बन जाता है या तिमिर को जैसे सूर्य मिल जाये (तो सब प्रकाशित हो जाता है।) ॥26॥

नाहीं परिसाची कसवटी।
तंववरीच वाणियाच्या गोठी।
मग पंधरा वयाच्या पाठीं।
बैसावें कीं ॥27॥

जब तक पारस की कसौटी नहीं है, तब तक बनिये की दुकान पर पंद्रह कैरट सोने की तौल की पीठ पर बैठना पड़ता है ॥27॥

जैसें जया अखरा॥
भेटती गाभारां।
ते बोध जैसे सागरा।
आंतु आले ॥28॥

जैसे सब अक्षर अंत में गर्भ गृह में पहुंचते हैं, जैसे सारे प्रवाह सागर में जाकर अंत पाते हैं ॥28॥

तेशा अकारादि अक्षरा।
भेटती पन्नासही मात्रा।
तसे या चराचरा।
दुसरें नाहीं ॥29॥

वैसे अकारादि अक्षर पचासों मात्राएं बन जाते हैं, वैसा इस चराचर को और कुछ नहीं होता है ॥29॥

तसी तया इश्वरीं।
अंगोली नुरेची दुसरी।
किंबहुना सरो भरी।
शिवेशिंचि ॥30 ॥

उस ईश्वर में एक अंगुलि-भर भी स्थान नहीं है क्योंकि वह सब जगह संव्याप्त है ॥30 ॥

म्हणोनि ज्ञानदेव म्हणे।
अनुभवामृतें येणें।
सणु भोगिजे सणें।
विश्वाचेनि ॥31 ॥

इसलिये ज्ञानदेव कहते हैं कि अमृतानुभव जिसे हो जाये, वह मानो उत्सवों के उत्सव का भोग इस विश्व में कर ले ॥31 ॥

(अमृतानुभव, प्रकरण 10)

भाषाओं में मराठी सर्वोत्तम

इतुकी वसिष्ठ ऋषीची बोली।
म्यां संस्कृताची महाटि केली।
उधरावेया केंवली।
बहुतां लोकां ॥1 ॥

इतनी वशिष्ठ ऋषि की भाषा संस्कृत का मैंने मराठी अनुवाद किया है। मेरा उद्देश्य बहुत-से लोगों का उद्धार करना मात्र है ॥1 ॥

जैसी दीपामाझिं दिवटी।
कां तिथीमाझिं पूर्णिमा गोमटी।
तैसी भाषांमध्यें महाटी।
सर्वोत्तम ॥2 ॥

जैसे दीपों में वड़ा दीया या तिथियों में सुंदर पूर्णिमा है, वैसे ही भाषाओं में मराठी सर्वोत्तम है ॥2 ॥

जैसी सरितां मध्यें गोदावरी।
कां पर्वतमांध्यें रत्नगिरी।
तैसी भाषांमध्यें साजिरी।
महाटी पैं ॥3 ॥

जैसे नदियों में गोदावरी, या पर्वतों में रत्नगिरी है, वैसे ही भाषाओं में सुंदर मराठी भाषा है ॥3 ॥

हरलामध्यें रत्नकिला।
कां पुष्पांमध्यें कमल।
तैसी भाषामध्ये सोहज्वला।
शोभिवंत दिसे ॥4 ॥

रेती में जैसे रत्न हो या पुष्पों में कमल हो, वैसे ही भाषाओ में सोज्वला मराठी है ॥4 ॥

दुर्गावरि शोभे चरी।
कां मुक्ताफलें शोभती हारीं।
तैसी शोभे भाषांमाझारि।
महाटी पैं ॥5 ॥

जैसे दुर्ग पर बुर्ज या हार में मोती शोभायमान होते हैं, वैसे ही भाषाओं में मराठी शोभित होती है ॥5 ॥

तीर्थांमध्यें काशी।
कां व्रतांमध्यें येकादशी।
भाषांमध्यें तैशी।
महाटी शोभिवंत ॥6 ॥

तीर्थों में जैसे काशी या व्रतों में एकादशी है, भाषाओं में वैसे ही मराठी शोभित है ॥6 ॥

परिमलांमध्यें कस्तुरी।
कां अमरांमध्यें शंबरारी।
तैसी महाटी सुंदरी।
भाषांमध्यें ॥7॥

सुगंधियों में जैसे कस्तूरी या देवताओं में शंबर का शत्रु शिव हैं, वैसे भाषाओं में सुंदरी मराठी है ॥7॥

ऐसी महाटी सुंदरो।
ते संस्कृता शोधु करी
शटिक बैसवी हृदयंमदिरीं॥
अज्ञानाचा ॥8॥

ऐसी मराठी सुंदरी संस्कृत को भी शोधित करती है। हृदय के मदिर में अज्ञान का शत्रु बैठाती है ॥8॥

मूर्खहृदयांतें बोधी।
विविध अर्थातें शोधी।
अज्ञानासी बोधी।
महाटी पैं ॥9॥

मूर्ख हृदयों को बोध प्रदान करती है। विविध अर्थों को खोजती है। अज्ञान को मराठी बोधमय बनाती है ॥9॥

मूर्खासि चतुरां करी।
सोधु दावी सारासारी।
ज्ञातव्य वाखाणी संसारीं।
महाटी हे ॥10॥

मूर्खों को चतुर बनाती है। शोध करके सारा सार दिखाती है। इस संसार में जो ज्ञातव्य को दिखाती है, वह मराठी भाषा है ॥10॥

बहुत संस्कृतीं अनुरागु।
सर्वशास्त्रीं विचारू चांगु।
परि महाटी वांचूनि पांगु।
कवण फेडी ॥11॥

संस्कृत में बहुत अनुराग था, सब शास्त्रों में वर्णित अच्छा विचार था, परंतु मराठी के बिना कोई कैसे अपना ज्ञान पूरी करे ॥11॥

महाटी बोलतां बरवी।
सर्वत्र जाणीव मिरवी।
दुर्जनाकरवीं सांडवी।
पाषांड पैं ॥12॥

मराठी अच्छी बोलने से सब ओर ज्ञान फैलाती है और दुर्जनों का पाखंड दूर करती है ॥12॥

ऐसिया मव्हाटिया पवित्रा।
लेणें करीन अध्यात्मशास्त्रां।
बहुतां लोकांसीं पवित्रा करावेयां ॥13॥

ऐसी पवित्र मराठी को अध्यात्म शास्त्र से अलंकृत बनाऊंगा जिससे अनेक लोग पवित्र होंगे ॥13॥

या कारणें कष्टी।
योग सूनु दृष्टी।
विनवीतसे श्रोतेंजनां सृष्टी।
ज्ञानदेव ॥14॥

इस कारण कष्ट उठाकर श्रोता योग-दृष्टि की फिर से सृष्टि करें ऐसी ज्ञानदेव विनती करते हैं ॥14॥

श्रोते जनां नमस्कारु।
तुम्ही सर्व सुखाचा सागरू।
तुमचा होये कृपाकरू।
तरि ग्रंथासि रूप ॥15॥

श्रोताजन को नमस्कार करता हूं। आप सर्वसुख सागर हैं। आपका कृपा-कर मिले, तो ग्रंथ को रूप मिलेगा ॥15॥

भरला पदार्थां अनेकां।
वक्ता चतुरू जाला निका।
परि श्रोतेनवीण वक्ता।
चतुरु केवि ॥16॥

अनेक श्रेष्ठ भावों से भरा हुआ चतुर वक्ता कितना ही अच्छा हो, फिर भी श्रोताओं के बिना वक्ता चतुर कैसे होगा ॥16॥

तांथुवेविण प्रकारू।
केवि होये मुक्तांचा हारु।
तैसा श्रोतयाविण टीकाकारु।
श्लाव्यु कैंचा ॥17॥

किसी प्रकार के तंतु बिना मुक्ताहार कैसे बन सकता है, वैसे ही श्रोताओं के बिना टीकाकार कैसे प्रशंसित होगा ॥17॥

खिर नीर येकत्र पवाडु।
तेथ राजहंस करी वाडु।
तरी पयजलाचा निंवाडु।
केवि होये ॥18॥

कहा जाता है कि नीर-क्षीर एक होने पर राजहंस उन्हें अलग-अलग कर। लेता है। परंतु सामान्यतः दूध से पानी को कैसे अलग निकाला जाये ॥18॥

समुद्रीचा पाणिंबुडा।
काढी विविधें मुक्ताफलें फुडा।
परि पारखियेविण सुपाणि खरडा।
केवि होये ॥19॥

गोताखोर समुद्र में से डुबकी लगाकर विविध मोती निकाल कर बाहर ले आता है परंतु मोती अच्छा पानीदार है यह पारखी के बिना निश्चयपूर्वक कैसे कहा जा सकता है ॥19॥

स्वामींचे अवसान अवस्वरीं।
सेवकु उठे प्राणावरी।
तेथ स्वामी दुचिता तरि।
कवण करी मानु तया ॥20॥

स्वामी की हिम्मत गिर रही हो तो सेवक अपने प्राण अर्पण करने को आतुर होता है। परंतु स्वामी स्वयम् दुचित्ता हो, तो उसको कौन मान देगा ॥20॥

चरण चालणें होति कीरु।
परि तो नेत्रीं असे अधिकारु।
तैसा वक्ता नोहे चतुरु।
श्रीतेनविण ॥21॥

चलना तो चरणों से होता है, परंतु दो नेत्रों में उन्हें दिशा देने का अधिकार होता है। वैसे ही श्रोताओं के बिना वक्ता की चतुराई किस काम की है ॥ 21 ॥

वन्हि प्रसवौनि खडतरु।
सूर्यकांती होये निर्धारु।
परि तो ठेविला अधिकारु।
रविमंडलीं ॥22॥

भीषण आग पैदा करने की शक्ति सूर्यकांत मणि में निश्चित होती है। परंतु उस मणि को उपयोग में ला सकने का अधिकार रविमंडल में ही है ॥22॥

सोमकांतु द्रवता कीरु होये।
परी ते हातवटी चंद्रींचि आहे।
तैसा वक्ताचि परी वक्ता नोहे।
श्रोतेनविण ॥23॥

सोमकांत द्रवित करता है, पर वह चंद्र के हाथ की कला है, वैसे ही श्रोता के बिना वक्ता, वक्ता नहीं है ॥23॥

वैखरी बोलोनी वगत्नीं।
परि तो आइकता अधिकारु श्रोत्नीं।
तैसी श्रोतेनविण जगत्नीं।
वक्ता केवि माने ॥24॥

वैखरी बोलकर विचार को फैलाती है परंतु उसे सुनने का अधिकार कानों को है। वैसे ही श्रोताओं के बिना वक्ता कैसे मान पा सकता है ॥24॥

तुमचिये कृपेवीण।
वक्तव्य मानी कवण।
मिं प्राकृत येक हीन।
श्लाघ्य किजे ॥25॥

तुम्हारी कृपा के बिना मैं कैसे वक्तव्य कर सकता हूं। मैं एक हीन प्राकृत जन हूं। मुझे श्लाघनीय बनाइये ॥25॥

मनें वाचा कर्मणा।
पुढिलांच्या प्रमाणु, समान गुणां।
मेरु येवदें मह्मिाना।
ठेवा तुम्हीं ॥26॥

अतीत में मन-वाचन-कर्म से जो श्रेष्ठजन हो गये, उनके समान गुणों के मेरु जैसी मेरी महिमा आप ही बनाकर रखें ॥26॥

ऐसें कारूण्य तुमचें चोखडें।
जें कल्पतरूचेनि पाडें।
आर्ति पुरवी म्हणौनि कोडें।
विनवितसे ॥27 ॥

ऐसी आपकी करुणा अत्यधिक उत्तम है, जो कल्पतरु की तरह सब आर्तों की इच्छा पूरी करती है, आपसे इसी लाड़-भाव से विनती कर रहा हूं ॥27 ॥

तुम्हीं अवलोकाल प्रियता।
तरि ग्रंथु घेईल मान्यता।
मज दुर्बलासी म्हणतील ज्ञाता।
योगज्ञानी ॥28 ॥

यदि आप प्रेम से अवलोकन करोगे तो ग्रंथ को मान्यता मिलेगी, मुझ दुर्बल को योगज्ञानी भी ज्ञाता कहेंगे ॥28 ॥

तुम्हा श्रोतयां शुभा।
अक्षोभ तुमची सभा।
म्हणौनि मिं आपशोभा।
दाबितुसें ॥29 ॥

तुमसे शुभ श्रोताओं को तुम्हारी सभा अक्षोभ कहेगी, इसलिए मैं आत्मशोभा दिखा रहा हूं ॥29 ॥

जैसें अगणित तारामंडल।
कीं समुद्रार्णवीचें जल।
तैसें तुमचें सभामंडल।
अक्षोभ जी ॥30 ॥

जैसे अगणित तारामंडल हैं या समुद्रार्णव का जल है वैसे ही आपका सभामंडल प्रशांत है, अक्षोभ है ॥30 ॥

नां विष्णुलोकीची सृष्टि।
अमोघ मेघांची वृष्टि।
कां अमृर्त चंद्राची द्दष्टि।
तैसे तुम्ही ॥31॥

नहीं तो विष्णु-लोक की सृष्टि अमोघ मेघों की वृष्टि है या अमूर्त चंद्र की द्दष्टि है, वैसे ही आप हैं॥

(योगवासिष्ठ, अध्याय प्रथम)

अभंग पद

रूप पाहतां लोचनीं। सुख झालें वो साजणी॥
तो हा विठ्ठल बरवा। तो हा माधव बरवा॥
बहुता सुकृतांची जोडी। म्हणुनि विठ्ठल आवडी॥
सर्व सुखाचें आगर। बाप रखुमादेवीवर॥1॥

लोचनों से रूप देखकर। सुख हुआ हे सजनी ! वह विठ्ठल बड़ा सुंदर है। बहुत पुण्य जुड़ा इसी से विठ्ठल में प्रीति बढ़ी। सब सुखो का आगार। बाप रखुमादेवीवर हैं॥1॥

देवाचिये द्वारीं उभा क्षणभरी। तेणें मुक्ति चारी साधियेल्या॥
हरि मुखें म्हणा हरि मुखें म्हणा। पुण्याची गणना कोण करी॥
असोनि संसारीं जिव्हे वेगु करी। वेदशास्त्र उभारी बाह्या सदा॥
ज्ञानदेव म्हणे व्यासाचिये खुणें। द्वारकेचा राणा पांडवांधरीं॥2॥

देवता के द्वार पर खड़े रहो क्षण-भर। उससे चारों मुक्ति मिल जायेंगी। हरि मुख से कहो, हरि मुख से कहो। पुण्य की गणना कौन करे। संसार में रहकर जो जिह्वा से वेदशास्त्र की बात करता है और सदा बाह्य को ही उभारता है। ज्ञानदेव कहते हैं व्यास का ही संकेत है द्वारका का राणा पांडवों के घर है॥2॥

अवधाचि संसार सुखाचा करीन। आनंदें भरीन तिन्ही लोक॥
जाइन गे माये तया पंढरपुरा। भेटेन माहेरा आपुलीया॥
सर्व सुकृतांचें फल मी लाहीन। क्षेम मी देईन परब्रह्मी॥
बाप रखुमादेवीवरा विठ्ठलाची भेटीं। आपुलिये संवसाटी घेऊन राहे॥3॥

सारा संसार सुखमय करूंगा। तीनों लोक आनंद से भरूंगा। हे दाता, मैं उस पंढरपुर में जाऊंगा। अपने नैहर से मिलूंगा। सब पुण्यों का फल मैं पाऊंगा। परब्रह्म को क्षेम मैं दूंगा। बाप रखुमादेवीवर विठ्ठल की भेंट के लिए अपने बराबर लेकर रहता है॥3॥

एकतत्त्व नाम दृढ धरी मना। हरिसी करुणा येइल तुझी॥
तें नाम सोपें रे राम कृष्ण गोविन्द। वाचेशी गद्गद जपे आधीं॥
नामापरतें तत्त्व नाहीं रे अन्यथा। वायां आणिका पंथा जाशी झणी॥
ज्ञानदेवा मौन जपमाल अंतरीं। घरोनि श्रीहरी जपे सदा॥4॥

एक तत्त्व नाम मन में दृढ रखो। हरि को तुम्हारी करुणा आयेगी। वह नाम सरल है—राम-कृष्ण-गोविन्द। वाचा गद्गद होकर पहले जप करो। नाम से भिन्न कोई तत्त्व नहीं है। व्यर्थ ही अन्य पंथ में क्यों जाते हो, ज्ञानदेव मौन की जपमाला भीतर लिये है। उसे पकड़कर श्रीहरि का जप सदा करता है॥4॥

सोनियाचा दिवस आजी अमृतें पाहिला।
नाम आठवितां रूपीं प्रगट पैं झाला॥
गोपाला रे तुझें ध्यान लागो मना।
आनु न विंसंबे हरी जगन्न जीवना॥
तनु मनु शरण विनटलों तुझ्या पांई।
रखुमादेवीवरावांचूनि आनु नेणें काहीं॥5॥

सोने का दिन आज अमृत ने देखा। नाम स्मरण करके रूप प्रकट हुआ। गोपाल, ध्यान तेरा मन में लगा है। हरि के सिवा और किसी का विश्वास नहीं है जगजीवन में। तन-मन से तुम्हारे चरणों में शरण आया हूं। रखुमादेवी वर से अन्य कुछ भी नहीं है ॥5॥

दैव करी तरी काय न होई। दगडाचिये नई तरिजेल॥
सूर्यकिरणावरी मुंगियाच्या हारी। अग्निचे पाठरीं पीक होय॥
फुटतील पाय चालतिल भिंती। मेरु मशक येती समतुका॥
ज्ञानदेव म्हणे अघटित घडे। गुरुकृपें जोडे परब्रह्म ॥6॥

दैव करे तो क्या न हो? पत्थर भी नदी पर तिर जाये। सूर्य किरणों पर चींटियों की पंक्ति लगे, अग्नि के पठार पर फसल उग जाये। दीवारों को पैर फूटे और वे चलने लगें। मेरु और मशक दोनों समतुल्य हों। ज्ञानदेव कहते हैं कि अघटित घटित हो। गुरुकृपा से परब्रह्म मिले ॥6॥

पांडुरंगकांती दिव्य तेज झलकती। रत्नकीला फांकती प्रभा॥
अगणित लावण्य तेज पुंजाललें। न वर्णवे तेथींची शोभा॥
कानडा हा विठ्ठलु कर्नाटकु। येणें मज लाविला वेधु॥
खोल बुंथी घेऊनि खुणेंची पालवी। आलविल्या सादु नेदी॥
शब्देवीण संवादु दुजेवीण अनुवादु। हें तब कैसेनि गमे॥
परेहि परतें बोलणें खुंटलें। वैखरीं कैसेनि सांगे॥
पायां पंडू गेले तंव पाऊलचि न दिसे। उभाचि स्वयंभु असे॥
समोर कीं पाठीमोरा न कले। ठकचि पडिलें कैसें॥
क्षेमालागीं मन उतावील माझें। म्हणवूनि स्फुरताती बाहो॥
क्षेत्र देऊं गेलें तब मीचिं मी एकली। आसावला जीवरावो॥
बाप रखुमादेवीवरू हृदयींचा जाणुनी। अनुभव सौरसुं केला॥
दृष्टीचा डोला पाहों मी गेलीये। तंव भीतरीं पालटु झाला ॥7॥

पांडुरंग कांति दिव्य तेज से झिलमिलाती है। रत्नकणों से प्रभा फूटती है। अगणित लावण्य तेज से पुंजित उसकी शोभा का वर्णन नहीं हो सकता। यह विठ्ठल कर्नाटक का कन्नड है। उसने मुझे मोह लिया है। कंबल और आच्छादन लेकर संकेत से बुलाता है। पुकारने पर भी उत्तर नहीं देता॥ शब्द के बिना संवाद, दूसरा न होने पर अनुवाद यह तुझे कैसे आता है? 'परा' के परे बोलना समाप्त हुआ। वैखरी कैसे कहे? पैरों पड़ने गया तो चरण ही नहीं दिखाई दिये। खड़ा है और स्वयंभू भी है। सामने है कि पीछे है, पता नहीं चलता। यह कैसी माया है ! मेरा मन मिलने के लिये अधीर है। इसलिए बाहु स्फुरित हो रहे हैं। क्षेत्र देने गयी तो मैं अकेली ही रह गई। मेरा जी आशा से अधीर है। बाप रखुमादेवीवर हृदय में लाकर सबरस अनुभव किया। दृष्टि की आंख जो देखने गयी तो भीतर ही यह परिवर्तन हो गया॥7॥

काय करिसी सकल देवांचे वैभव विलास।
माझिया स्वामीविण ते अवधे उदास रया।
तपन तया कमला कमलीं विकासु।
सुकवी मयंकु काय करिसी सुधांशु॥
साताही वारांचे दिवसु एकियाचि सुरिजें।
तैसें सर्वां सर्वपण माझियेन श्रीराजे॥
सर्वज्ञ सुंदर देव होत कां भलतैसे।
परि जडातें चेष्टाविते आणिकां पैं नसे॥
जया नांव नाहीं रूप चिन्ह काहीं॥
नामरूप चिन्ह स्वयेंचि पाहीं॥
बाप रखुमादेवीवरू आहे तैसाचि पुरे।
काय करिसी आणिकां देवांची गोवा रे रया॥8॥

क्या करना है सकल देव वैभवविलास लेकर, मेरे स्वामी के बिना यह सब कुछ उदास है। तपन से उस कमल का कमलों में विकास होता है। सूखे

में मयंक अपने सुधांशु लेकर क्या करे। सात ही वारों का दिन एक ही सुर में। वैसे सबकी सर्वता मुझमें ही राजित है। सर्वज्ञ सुंदर देव ऐसा पराया क्यों बनता है। वह जड को भी चेष्टित करता है, वह अन्यत्र कहां? जिसे नाम नहीं, रूप-चिह्न कुछ नहीं वह नामरूपचिह्न स्वयं ही देखो। बाप रखुमादेवीवर वैसा ही पूरा है। क्या करोगे देवताओं की दया मांगकर? ॥8॥

हरि पाठ के अभंग

□

श्रीगणेशाय नमः॥ देवाचिये द्वारी उमा क्षणभरी। तेणें मुक्ति चारी साधियेल्या॥1॥

देवता के द्वार पर क्षण-भर खड़े रहो। उससे चारों मुक्ति सिद्ध होती है॥1॥

हरि मुखें म्हणा। हरि मुखें म्हणा। पुण्याची गणना कोण करी॥2॥

हरि मुख से कहो। हरि मुख से कहो। पुण्य की गिनती कौन करे॥2॥

असोनि संसारीं जिहे वेग करी। वेदशास्त्र उभारी बाह्य सदा॥3॥

संसार में रहकर जिह्वा को वेग से चलाकर। बाह्याचार में वेदशास्त्र सदा शस्त्र की तरह खड़े करता है॥3॥

ज्ञानदेव म्हणे व्यासाचिया खुणा। द्वारकेचा राणा पांडवा-घरीं॥4॥

ज्ञानदेव कहते हैं, ये व्यास के चिह्न हैं। द्वारका का राजा पांडवों के घर है॥4॥

□

चहूं वेदीं जाण षट्शास्त्रीं कारण। अठराहीं पुराणें हरिसीं गाती ॥1 ॥

चारों वेद, षट्शास्त्र, अठारह पुराण सब हरि का गान करते हैं ॥1 ॥

मंथुनी नवनीता तैसें घे अनंता। वायां व्यर्थ कथा सांडी मार्ग ॥2 ॥

नवनीत का मंथन करके अनंत ने यह प्राप्त किया है और सब कथाएं व्यर्थ हैं। वे रास्ते छोड़ दीजिये ॥2 ॥

एक हरि आत्मा जीवशिव सम। वायां तूं दुर्गमीं न धाली मन ॥3 ॥

एक हरि ही आत्मा है। वही जीव है, शिव है। सब समान हैं। क्यों दुर्गम में तू अपना मन वृथा डालता है ॥3 ॥

ज्ञानदेवा पाठ हरि हा वैकुंठ। भरला घनदाट हरि दिसे ॥4 ॥

ज्ञानदेव कहते हैं कि हरि ही वैकुंठ है। सारे आकाश में धन की तरह हरि ही व्याप्त है ॥4 ॥

□

त्रिगुण असार निर्गुण हें सार। सारासार विचार हरिपाठ ॥1 ॥

त्रिगुण असार है, निर्गुण ही सार है। सारासार विचार हरिपाठ है ॥1 ॥

सगुण निर्गुण। गुणांचे अगुण। हरिविणें मन व्यर्थ जाय ॥2 ॥

सगुण-निर्गुण, गुणों का अगुण है। हरि के बिना मन व्यर्थ जाता है ॥2 ॥

अव्यक्त निराकार नाहीं ज्या आकार। जेथोनि चराचर हरीसी भजे ॥3 ॥

अव्यक्त निराकार जिसका आकार नहीं है। जहां से चराचर हरि का भजन करता है ॥3 ॥

ज्ञानदेवा ध्यानीं रामकृष्ण मनी। अनंत जन्मांनी पुण्य होय ॥4॥

ज्ञानदेव के ध्यान में रामकृष्ण ही मन में हैं। अनंत जन्मों से पुण्य होता है ॥4॥

□

भावेंविण भक्ति भक्तिविण मुक्ति। बलें विण शक्ति बोलू नये। 1 ॥

भाव के बिना भक्ति, भक्ति के बिना मुक्ति, बल के बिना शक्ति की बात मत करो ॥1॥

कैसेनि दैवत प्रसन्न त्वरित। उगा राहे निवांत शिणसी वायां ॥2॥

यह कैसा देवता है जो त्वरित प्रसन्न होता है। अतः चुपचाप खड़े रहो, व्यर्थ श्रम मत करो ॥2॥

सायांसें करिसी प्रपंच दिननिशीं। हरिसी न भजसी कवण्या गुणें ॥3॥

सायास रात-दिन प्रपंच करता है। किस गुण के कारण हरि का भजन नहीं करते हो ॥3॥

ज्ञानदेव म्हणे हरिजप करणें। तुटेल धरणे प्रपंचाचें ॥4॥

ज्ञानदेव कहते हैं, हरिजप करने से प्रपंच का बंधन टूट जायेगा ॥4॥

□

योगयागविधी येणें नोहे सिद्धी। वायांचि उपाधि दंभधर्म ॥1॥

योगयाग से कोई सिद्धि नहीं होगी। बेकार उपाधि दंभ धर्म है ॥1॥

भावेंविण देव न कले संदेह। गुरुविण अनुभव कैसा कले ॥2॥

भाव के बिना देव नहीं, संदेह मिटेगा नहीं, गुरु के बिना अनुभव नहीं मिल सकेगा ॥2॥

तपेंविण दैवत दिधल्याविण प्राप्त। गुजेंविण हित कोण सांगे ॥3॥

तप के बिना देवता नहीं मिलेगा, कुछ दिये बिना कुछ प्राप्त नहीं होगा। भगवान् से संवाद के बिना हित कौन करेगा ॥3॥

ज्ञानदेव सांगे दृष्टांताची मात। साधूवे संगती तरणोपाय ॥4 ॥

ज्ञानदेव कहते हैं, दृष्टांत की बात यह है कि साधू की संगत के बिना तरने का कोई उपाय नहीं है ॥4 ॥

□

साधुबोध झाला नुरोनियां ठेला। ठायींच मुराला अनुभवे ॥1 ॥

साधु का बोध मिला, शेष नहीं बचा, फिर भी उपस्थित है; उसी स्थान पर अनुभव से सीझ गया।

कापुराची वाती उजलली ज्योति। ठायींच समाप्ती झाली जैसी ॥2 ॥

कपूर की बत्ती से ज्योति उज्ज्वल होती है और वहीं पर जैसे समाप्त हो जाती है ॥2 ॥

मोक्षरेखे आला भाग्ये विनटला। साधूचा अंकिला हरिभक्त ॥3 ॥

मोक्ष की रेखा तक आया। सौभाग्य से मंडित हुआ। साधुओं ने पहचाना कि यह हरि-भक्त है ॥3 ॥

ज्ञानदेवा गोडी संगती सज्जनीं। हरि दिसे जनींवनीं आत्म-तत्वीं ॥4 ॥

ज्ञानदेव को सज्जनों में की संगति मिठास है। हरि जन, वन, आत्मतत्त्व में दिखाई देता है ॥4 ॥

□

पर्वताप्रमाणें पातक करणें। वज्रलेप होणें अभक्तांसी ॥1 ॥

पर्वत की तरह पातक करना, अभक्तों का वज्रलेप है। ॥1 ॥

नाहीं ज्यासी भक्ती ते पतित अभक्त। हरिसी न भजत दैवहत ॥2 ॥

जिन्हें भक्ति नहीं है, वे अभक्त-पतित हैं। वे दैवहत हरि का भजन नहीं करते ॥2 ॥

अनंत वाचाल बरलती बरल। त्यां कैचा दयाल पावे हरि ॥3 ॥

अनंत वाचाल क्या-क्या बड़बड़ करते हैं। उन्हें दयालु हरि कैसे प्राप्त होगा ॥3 ॥

ज्ञान देवा प्रमाण आत्मा हा निधान। सर्वांघटीं पूर्ण एक नांदे ॥4 ॥

ज्ञानदेव कहते हैं कि प्रामाणिक बात यह है कि आत्मा ही विधान है। सर्वघटों में पूर्ण एक वही व्याप्त है ॥4 ॥

□

संतांचे संगती मनोमार्गं गती। आकलावा श्रीपती येणे पंथें ॥1 ॥

संतों की संगत में मनोमार्ग गति है। इसी पंथ से श्रीपति को जाना जा सकता है ॥1 ॥

रामकृष्ण वाचा भाव हा जिवाचा। आत्मा जो शिवाचा रामजप ॥2 ॥

राम-कृष्ण मुंह में, भाव हो जीव में, आत्मा में शिव का नाम जप हो ॥2 ॥

एकतत्वीं नाम साधिंती साधन। द्वैताचें बंधन न बाधिजे ॥3 ॥

एक तत्त्व में नाम सब साधन साधित करते है। द्वैत के बंधन की उन्हें कोई बाधा नहीं होती ॥3 ॥

नामामृत गोडी वैष्णवां लाधली। योगियां साधली जीवन-कला ॥4 ॥

नामामृत की मिठास वैष्णवों को मिली है। और योगियों ने सिद्ध की है जीवन कला ॥4 ॥

सत्वर उच्चार प्रल्हादीं बिंबला। उद्धवा लाधला कृष्णदाता ॥5 ॥

सत्वर उच्चार प्रह्लाद के मन में बिंबित हुआ और उद्धव को मिला कृष्णदाता ॥5 ॥

ज्ञानदेव म्हणे नाम हें सुलभ। सर्वत्र दुर्लभ विरला जाणे ॥6 ॥

ज्ञानदेव कहते हैं कि यह सुलभ नाम है। वैसे सब जगह दुर्लभ है किन्तु विरले ही इसे जानते हैं ॥6 ॥

□

विष्णुविणें जप व्यर्थ त्याचें ज्ञान। रामकृष्णीं मन नाहीं ज्याचें ॥1॥

विष्णु के बिना जपज्ञान व्यर्थ है, जिसका रामकृष्ण में मन नहीं हो ॥1॥

उपजोनी करंटा नेणें अद्वय वाटा। रामकृष्णीं पठा कैसेनि होय ॥2॥

अयोग्य पैदा होकर जो अद्वय मार्ग नहीं जानता, रामकृष्ण तक वह कैसे पहुंच सकेगा ॥2॥

द्वैताची झाडणी गुरुविणें ज्ञान। तया कैचें कीर्तन घडे नामीं ॥3॥

द्वैत की झाड़न गुरु के बिना ज्ञान है। उसका नाम-कीर्तन कैसे होगा ॥3॥

ज्ञानदेव म्हणे सगुण हें ध्यान। नाम-पाठ मौन प्रपंचाचें।

ज्ञानदेव कहते हैं, यह सगुण ध्यान है। नाम-पाठ से प्रपंच भी मौन हो जाता है ॥4॥

□

त्रिवेणी संगमीं नाना तीर्थे भ्रमी। चित नाहीं नामीं तरी ते व्यर्थ ॥1॥

त्रिवेणी संगम में, नाना तीर्थों में भ्रमण करने से क्या फायदा? यदि नाम में चित्त नहीं है तो वह व्यर्थ है ॥1॥

नामासी विन्मुख तो नर पापिया। हरिविण धांवया न पवे कोणी ॥2॥

जो नाम से विमुख हो, वह नर पापी है। हरि के बिना वह कैसे दौड़ सकता है ॥2॥

पुराणप्रसिद्ध बोलिले वाल्मीक। नामे तिन्ही लोक उद्धरती ॥3॥

पुराणप्रसिद्ध वाल्मीकि ने भी यही कहा है—उसका नाम तीनों लोकों का उद्धार करता है ॥3॥

ज्ञानदेव म्हणे नाम जपा हरिचें। परंपरा त्याचें कुल शुद्ध ॥4॥
ज्ञानदेव कहते हैं कि हरि का नाम जपो। उसी की परंपरा और कुल शुद्ध ॥4॥

□

हरि उच्चारणीं अनंत पापराशी। जातील लयासी क्षमात्रें ॥1॥
हरी के नामोच्चार से अनंत पापराशि भी क्षणमात्र में लय हो जाती है ॥1॥

तृण अग्निमेलें समरस झाले। तैसे नामे केलें जपतां हरि ॥2॥
तृण अग्नि से मिलकर समरस होता है। वैसा ही हरि नाम के जप से हो जाता है ॥2॥

हरि उच्चारण मंत्र पैं अगाध। पले भूतबाध भये साचे ॥3॥
हरि उच्चारण अगाध मंत्र है। उससे भूतबाधा का भय सचमुच में भाग जाता है ॥3॥

ज्ञानदेव म्हणे हरि माझा समर्थ। न करवें अर्थ उपनिषदां ॥4॥
ज्ञानदेव कहते हैं कि मेरा हरि समर्थ है। उपनिषदों का अर्थ नहीं किया जाता ॥4॥

□

तीर्थ व्रत नेम भावेंविण सिद्धी। वायांचि उपाधि करिसी जना ॥ 1 ॥
तीर्थ-व्रत-नियम आदि करने पर भी भाव के बिना सिद्धि नहीं, लोग व्यर्थ ही ये सब उपाधि करते हैं ॥1॥

भावबलें आकले येरवीं नाकले। करतलीं आंवले तैसा हरि ॥2॥
भावबलें से प्रभु का अनुमान होता है, नहीं तो समझ में नहीं आता। जैसे कर तल वर आंवला हो वैसे ही हरि सुलभ है ॥2॥

पारियाचा रवा घेतां भूमीवरी। यत्न परोपरी साधन तैसें ॥3॥
पारे का दाना जैसे भूमि पर पकड़ में नहीं आता, वैसे ही ये समस्त यत्न-साधन आदि हैं ॥3॥

ज्ञानदेव म्हणे निवृत्ति निर्गुण। दिधले संपूर्ण माझे हातीं।
ज्ञानदेव कहते हैं कि निवृत्ति निर्गुण हैं, उन्होंने सम्पूर्ण को मेरे हाथों में दे दिया है ॥4॥

☐

समाधी हरिची सम सुखेविण। न साधेल जाण द्वैतबुद्धि ॥1॥

बुद्धीचे वैभव अन्य नाही दुजे। एका केशवराजे सकल सिद्धि ॥2॥

ऋद्धि सिद्धि निधी अवघीच उपाधि। जंव त्या परमानंदी मन नाही ॥3॥

ज्ञानदेवा रम्य रमले समाधान। हरीचे चिन्तन सर्वकाल ॥4॥

हरि की समाधि के समत्वपूर्ण सुख के बिना द्वैतबुद्धि जा नहीं सकती ॥1॥

बुद्धि का वैभव और दूसरा नहीं है, केवल एक केशवराज से ही सकल सिद्धि की प्राप्ति होती है। जब तक परमानंद में मन नहीं लगा है, तब तक ऋद्धि-सिद्धि-निधि आदि सभी उपाधियां हैं। ज्ञानदेव को तो बस एक रम्य समाधान मिल गया है कि सब समय हरि का चिन्तन करो ॥4॥

☐

नित्य सत्य मित हरिपाठ ज्यासी। कलिकाल त्यासी नातलती ॥1॥
जिसके पास नित्य सत्य मित हरिपाठ है, कलिकाल उसका क्या कर लेगा ॥1॥

रामकृष्णीं वाचा अनंतराशी तप। पापाचे कलप पलती।
पढ़े ॥2 ॥

रामकृष्ण में वाचा अनंत राशि हो तो पाप के झुंड के झुंड आगे से भाग जाते हैं ॥2 ॥

हरि हरि हरि मंत्र हा शिवाचा। म्हणती जे वाचा तयां
मोक्ष ॥3 ॥

हरि-हरि-हरि यह शिव का मंत्र है, जो वाचा से इसका जप करते हैं उन्हें ही मोक्ष मिलता है ॥3 ॥

ज्ञानदेवा पाठ नारायण नाम। पाविजे उत्तम निजस्थान ॥4 ॥

ज्ञानदेव के लिए नारायण नाम पाठ ही है। उसी से उत्तम निजस्थान मिलता है ॥4 ॥

☐

एक नाम हरि द्वैतनाम दुरी। अद्वैत कुसरी विरला जाणे ॥1 ॥

एक हरि के नाम से द्वैतनाम दूर रहता है, यही अद्वैत की कला है, जिसे विरले जन ही जानते हैं ॥1 ॥

समबुद्धि घेता समान श्रीहरी। शमदमावरी हरि झाला ॥2 ॥

समबुद्धि होने पर श्रीहरि समान होते हैं। शमदमों पर वह बाघ की तरह हैं (अर्थात् उन्हें नष्ट कर देता है) ॥2 ॥

सर्वाघटी राम देहादेही एक। सूर्य प्रकाशक सहस्त्ररश्मी ॥3 ॥

सब घट में राम है, देह-अदेह एक है। सूर्य प्रकाशक सहस्त्र रश्मि हैं ॥3 ॥

ज्ञानदेवा चित्ती हरिपाठ नेमा। मागिलिया जन्मा मुक्त
झालो ॥4 ॥

ज्ञानदेव के चित्त में हरिपाठ नियम बन गया है। इसीलिए वह गर्म रहने और जन्म लेने की परंपरा से मुक्त हुआ ॥4 ॥

□

हरिनाम जपे तो नर दुर्लभ। वाचेसी सुलभ रामकृष्ण ॥1 ॥

जो हरिनाम जपता है, वह नर दुर्लभ है। वाचा के लिए रामकृष्ण सुलभ हैं ॥1 ॥

रामकृष्ण नामी उन्मनी साधली। तयासी लाघली सकल सिद्धी ॥2 ॥

जिसे रामकृष्ण नाम से 'उन्मनी' अवस्था प्राप्त हुई, उसी को सब सिद्धियां मिलीं ॥2 ॥

सिद्धि बुद्धि धर्म हरिपाठी आले। प्रपंची निमाले साधु संगे ॥3 ॥

सिद्धि-बुद्धि, धर्म हरिपाठ में आ गये और साधु के संग से प्रपंच सब शांत हो गये ॥3 ॥

ज्ञानदेवी नाम रामकृष्ण ठसा। तेणे दशदिशा आत्माराम ॥4 ॥

ज्ञानदेव कहते हैं कि हर नाम में राम-कृष्ण की छाप है, उसी से दसों दिशाओं में आत्माराम व्याप्त है ॥4 ॥

□

हरिपाठकीर्ति मुखे जरी गाय। पवित्रयी होय देह त्याचा ॥1 ॥

हरिपाठ कीर्ति यदि मुख से गाता है, तो उसकी देह पवित्र होती है ॥1 ॥

तपाचे सामर्थ्य तपिन्नला अमूप। चिरंजीव कल्प कोटि नांदे ॥2 ॥

तप की सामर्थ्ये मापी नहीं जा सकती, उससे चिरंजीव कल्पकोटि तक सुख से रहता है ॥2 ॥

मातृ पितृ भ्राता सगोत्र अपार। चतुर्भुज नर होऊन ठेले ॥3 ॥

माता-पिता-भाई सगोत्र सब अपार चतुर्भुज विष्णु जैसे नर हो जाते हैं ॥3 ॥

ज्ञान गूढगम्य ज्ञानदेवा लाधले। निवृत्तीने दिधले माझे हातीं ॥4॥

गूढरम्य ज्ञान ज्ञानदेव को मिला जिसे मेरे हाथों निवृत्तिनाथ ने दिया ॥4॥

□

हरिवंश पुराण हरिनाम कीर्तन। हरिविणे सौजन्य नेणे काही ॥1॥

त्या नरा लाघले बकुंठ जोडले। सकल घडले तीर्थाटण ॥2॥

मनमार्गे गेला तो तेथे मुकला। हरिपाठी स्थिरावला तोचि धन्य ॥3॥

ज्ञानदेवा गोडी हरनामाची जोडी। रामकृष्णीं आवडी सर्वकाल ॥4॥

हरि के सौजन्य के बिना हरिवंशपुराण-हरिनाम कीर्तन कुछ नहीं है ॥1॥ (जिसने हरिनाम लिया) उस नर को बैकुंठ मिला और सारे तीर्थाटन हो गये ॥2॥ जो मन के मार्ग से गया, वह कभी नहीं खोया और जो हरिपाठ में स्थिर हुआ, वही धन्य है ॥3॥ ज्ञानदेव कहते हैं कि हरिनाम की मिठास जोड़ो, सब समय रामकृष्ण में रुचि रहने दो ॥4॥

□

वेदशास्त्र पुराण श्रुतीचे वचन। एक नारायण सार जाप ॥1॥

वेद-शास्त्रपुराण-श्रुति का वचन है कि एक नारायण ही जप का सार है ॥1॥

जप तप कर्म हरिबिण धर्म। वाउगाचि श्रम व्यर्थ जाय ॥2॥

हरि बिना जप, तप, कर्म और धर्म बेकार का श्रम है ॥2॥

हरिपाठी गेले ते निवांतचि ठेले। भ्रमर गुंतले सुमनकलिके ॥3॥

जिन्होंने हरिपाठ किया है, उन्हें विश्रांति मिली, जैसे भ्रमर कली में निमग्न हो जाता है ॥3॥

ज्ञानदेवी मंत्र हरिनामाचे शास्त्र। यमें कुल योत्र वर्जियेले ॥4॥
ज्ञानदेव का मंत्र और हरिनाम ही शस्त्र है, इसकी खातिर उसने अपने कुल-गोत्र को छोड़ दिया ॥4॥

□

नामसंकीर्तन वैष्णवांची जोडी। पावे अनंत कोटी गेली त्यांची ॥1॥
जिसने नाम-संकीर्तन वैष्णवों के साथ किया, उसके अनंत कोटि पाप समाप्त हुए ॥1॥

अनंत जन्मांचे तप एक नाम। सर्व मार्ग सुगम हरिपाठ ॥2॥
अनंत जन्मों का तप एक नाम है। सब मार्गों में सुगम हरिपाठ है ॥2॥

योग याग क्रिया धर्माधर्म माया। गेले ते विलया हरिपाठी ॥3॥
योग-याग, क्रिया, धर्माधर्म, माया सब हरिपाठ में विलय हो गये ॥3॥

ज्ञानदेवी यज्ञ याग क्रिया धर्म। हरिविण नेम नाही दुजा ॥4॥
ज्ञानदेव के लिए यज्ञ, याग, क्रिया, धर्म सब हरि है और उसका हरि के बिना और दूसरा धर्म नहीं ॥4॥

□

कालवेल नाम उच्चारितां नाही। दोनी पक्ष पाही उद्धरती ॥1॥
नाम उच्चारण के लिए कोई निश्चित काल या समय नहीं होता। नामोच्चारण से दोनों पक्षों का उद्धार होता है ॥1॥

रामकृष्ण नाम सर्व दोषहरण। जड जीवां तारण हरि एक ॥2॥
रामकृष्ण का नाम सब दोषों का हरण करनेवाला है। जड़ जीवों को तारने वाला एक हरि है ॥2॥

हरिनाम सार जिह्वा या नामाची। उपमा त्या देवाची कोण वानी ॥3॥
हरिनाम ही सार है और इस नाम के लिए ही जिह्वा है। उस देवता को। कौन-सी उपमा दी जाये ॥3॥

ज्ञानदेवी सांग झाला हरिपाठ। पूर्वजां वैकुंठ मार्गसोपा ॥4॥

ज्ञानदेव का यह हरिपाठ सांगोपांग पूर्ण हुआ। पूर्वजों के लिये यही सरल वैकुंठ मार्ग है ॥4॥

□

नित्यनेम नामी ते प्राणी दुर्लभ। लक्ष्मीवल्लभ तयांजवली ॥1॥

जो नित्य नियम पालता है, ऐसा मानव दुर्लभ है। उसके पास तो स्वयं लक्ष्मीवल्लभ रहता है ॥1॥

नारायण हरि नारायण हरि। भुक्तिमुक्ति चारी धरी त्याच्या ॥2॥

नारायण हरि, नारायण हरि जो कहता है, भुक्ति और मुक्ति चारों उसके घर पहुंच जाती हैं ॥2॥

हरिविणे जन्म नर्कची पै जाणा। यमाचा पाहुणा प्राणी होय ॥3॥

हरि के बिना यह जीवन नरक है ऐसा जानो। यह आदमी यम का पाहुना है ॥3॥

ज्ञानदेव पुसे निवृत्तीसी चाड। गगनाहूनि वाड नाम आहे ॥4॥

ज्ञानदेव पूछता है, निवृत्ति ही बताते हैं। गगन से भी ऊंचा उसका नाम है ॥4॥

□

सात पांच तीन दशकांचा मेला। एक तत्त्वीं कला दावी हरि ॥1॥

सात पांच तीन दशक का मेला, एक तत्त्व में ही हरि कला दिखाता है ॥1॥

तैसे नव्हे नाम सर्वत्र वरिष्ठ। तेथें काही कष्ट न लगती ॥2॥

वैसा न हो तो भी नाम सब स्थानों में वरिष्ठ है। वहां कोई कष्ट नहीं लगते ॥2॥

अजपा जपणे उलटे प्राणाचा। तेथेही मनाचा निर्धार असे ॥3 ॥

अजपा जप उलटे प्राणों का है। वहां भी मन का निर्धार होता है ॥3 ॥

ज्ञानदेवा जिणे नामेंविण व्यर्थ। रामकृष्णी पंथ कमियेला ॥4 ॥

ज्ञानदेव कहते हैं कि नाम के बिना जीना व्यर्थ है। रामकृष्ण में पंथ क्रमित होता है ॥4 ॥

□

जप तप कर्म क्रिया नेग धर्म। सर्वाधटि राम भाव शुद्ध ॥1 ॥

जप, तप, कर्म, क्रिया, नियम, धर्म यही है कि घट-घट में राम का शुद्ध भाव रहे ॥1 ॥

न सोडी हा भावो टाकी रे संदेहो। रामकृष्ण टाहो नित्य फोडी ॥2 ॥

यह भाव मत छोड़ो, यह संदेह छोड़ दो, नित्य रामकृष्ण की पुकार करो ॥2 ॥

जाती वित्तगोत कुल शील मात। भज का त्वरित भावना युवत ॥3 ॥

वित्त-गोत्र-कुल-शील सब चले जाते हैं, उसे त्वरित भजो जो भावनायुक्त है ॥3 ॥

ज्ञानदेव ध्यानी रामकृष्ण मनी। वैकुंठ भुवनीं घर केले ॥4 ॥

ज्ञानदेव के ध्यान में और मन में रामकृष्ण ही है, अब उसने अपना घर वैकुंठ भवन में बनाया है ॥4 ॥

□

जाणीव नेणीव भगवंती नाही। हरि उच्चारणी पाही मोक्ष सदा ॥1 ॥

चेतना, अचेतना भगवान् में नहीं हो, फिर भी हरि नाम उच्चारण में सदा मोक्ष है ॥1 ॥

नारायण हरि उच्चार नामाचा। तेथे कळिकाचा रोध नाही ॥2 ॥

नारायण हरि नामोच्चार जहां हो, वहां कलिकाल का प्रवेश नहीं होता ॥2 ॥

तेथील प्रमाण नेणेव वेदासी। ते नीवजंतूंसी केवी कले ॥3 ॥

वहां का प्रमाण वेद भी नहीं जानते, तो जीव-जंतुओं की समझ में क्या आएगा ॥3 ॥

ज्ञानदेव फल नारायण पाठ। सर्वत्र वैकुंठ केले असे ॥4 ॥

ज्ञानदेव कहते हैं कि नारायण नाम पाठ ही फल देगा। उसी ने सर्वत्र वैकुंठ (स्वर्ग) बनाया ॥4।

□

एक तत्व नाम द्दढ धरी मना। हरिसी करूणा येईल तुझी ॥1 ॥

एक तत्त्व नाम है, उसी को द्दढ़ मन से रखो। हरि को तुम्हारे प्रति करुणा उपजेगी ॥1 ॥

ते नाम सोपे रे राम कृष्ण गोविन्द। वाचेसी सद्गद जपा आधी ॥2 ॥

वह नाम सरल है राम-कृष्ण-गोविन्द। वाचा को सद्गद सदा संभालो ॥2 ॥

नामापरते तत्व नाही रे अन्यथा। वाया आणिक पंथा जाशील झणी ॥3 ॥

नाम से अलग कोई तत्त्व नहीं है, अन्य पंथों में तू क्यों व्यर्थ जाता है ॥3 ॥

ज्ञानदेव नाम जपमाल अंतरी। धरोनि श्रीहरि जपे सदा ॥4 ॥

ज्ञानदेव कहते हैं कि अंतर में जप माला चल रही है। श्री हरि को पकड़कर सदा जियो ॥4 ॥

□

सर्व सुख गोडी साही शास्त्रे निवडी। रिकामा अर्ध घड़ी राहू नको ॥1 ॥

सब सुख, मधुरता और छह शास्त्रों का सार यही है कि आधी घड़ी भी खाली मत रहो ॥1 ॥

लटिका व्यवहार सर्व हा संसार। वायां येरझारां हरिविण ॥2 ॥

यह सारा संसार झूठा व्यवहार है। हरि के बिना बेकार की आवाज ही है ॥2 ॥

नाम मंत्र जप कोटी जाईल पाप। रामकृष्णी संकल्प धरूनि राहे ॥2 ॥

नाम मंत्र के कोटि जप से पाप भाग जायेगा। रामकृष्ण का मन में संकल्प लिये रखो ॥3 ॥

निजवृत्ति हे काढी सर्व माया तोडी। इन्द्रियांसवडी लपूं नको ॥4 ॥

निजवृत्ति ऐसी मनाओ कि सब माया तोड़ो, इन्द्रियों को बहाना बनाकर छिपो मत ॥4 ॥

तीर्थी व्रतीं भाव धरि रे करुणा। शांति दया पाहुणा हरि। करि ॥5 ॥

तीर्थ-व्रत में करुणा-भाव रखो, शांति-दया का पाहुना हरि को बनाओ ॥5 ॥

ज्ञानदेवा प्रमाण निवृत्ति देवी ज्ञान। समाधि संजीवन हरिपाठ ॥6 ॥

ज्ञानदेव प्रमाण है, निवृत्तिदेव ही ज्ञान है और हरिपाठ ही समाधि-संजीवनी है ॥6 ॥

□

देवाचिये द्वारी उभां क्षणभरी। तेणे मुक्तिचारी साधियेल्या ॥1 ॥

देवता के द्वार पर क्षण-भर खड़े रहो। उससे चारों प्रकार की मुक्ति मिलेगी ॥1 ॥

हरि मुखें म्हणा हरि मुखे म्हणा। पुण्याची गणना कोण करी ॥2 ॥

हरि मुख से कहो, मुख से हरि कहो। फिर पुण्य की गिनती कौन करे ॥2 ॥

असोनि संसारी जिह्वे वेग करी। वेदशास्त्र उभारी बाह्या सदा ॥3 ॥

संसार में रहकर जहां जिह्वा वेग से चलती है। बाहर सदा वेदशास्त्र बढाते हो ॥3 ॥

ज्ञानदेव म्हणे व्यासाचिया खुणा। द्वारकेचा राणा पांडवा घरी ॥3॥

ज्ञानदेव कहते हैं कि व्यास को भी जिससे सुख मिला। वह द्वारका का राणा पांडवों के घर में है ॥10॥

भजन

अभंग हरिपाठ असती अठावीस। रचिले विश्वासे ज्ञानदेवे ॥1॥

अभंग हरि पाठ अठ्ठाईस हैं। ज्ञानदेव ने विश्वासपूर्वक उनकी रचना की है ॥1॥

नित्य पाठ करी इन्द्रायीणतीरी। होय अधिकारी सर्वथा तो ॥2॥

इंद्रायणी के तीर पर नित्य पाठ करो। वही सर्वथा मुक्ति का अधिकारी बतेगा ॥2॥

असावे एकाग्री स्वस्थ चित्त मन। उल्हासे करून स्मरण जीवीं ॥3॥

चित स्वस्थ और मन एकाग्र होना चाहिए। उल्लास से जीव को हरि स्मरण करना चाहिये ॥3॥

अंतकाली तैसा सकटाचे बेली। हरि त्या सांभाली अंतर्बाह्य ॥4॥

अंतकाल में और संकट के समय हरि ही उसे अंतर्बाह्य संभालता है ॥4॥

संतसज्जनांनी घेतली प्रचीती। आलशी मंदमती केवी तरे ॥5॥

संत सज्जनों ने इसका साक्ष्य लिया है। आलसी मंदमती कैसे भवसागर से तिर सकता है ॥5॥

श्री गुरु निवृत्ति वचन प्रेमल। तोपला तात्काल ज्ञानदेव ॥6॥

श्री गुरु निवृत्ति का प्रेममय वचन सुनकर ज्ञानदेव तत्काल संतुष्ट हुआ ॥6॥

कोणाचें हें घर हा देह कोणाचा। आत्माराम त्याचा तोचि जाणे ॥1 ॥

यह किसका घर है, यह किसका देह है। जिसका आत्माराम है वही इस सत्य को जानता है ॥1 ॥

मी तू हा विचार विवेके शोधणे। गोविंदा माधवा याच देही ॥2 ॥

मैं-तू क्या है यह विचार-विवेक से खोजो। गोविंद माधव तो इसी देह में है ॥2 ॥

देही ध्याता ध्यान त्रिपुटी वेगला। सहस्र दली उगवला सूर्य जैसा ॥3 ॥

देह में ध्याता ध्यान त्रिपटी से अलग है। सहस्र दल में जैसे सूर्य जागा हो ॥3 ॥

ज्ञानदेव म्हणे नयनाची ज्योती। या नांवें रूपे ती तुम्ही जाणा ॥4 ॥

ज्ञानदेव कहते हैं कि नयनों की ज्योति इस नव रूप में है, उसे ही आप स्वयं जानो ॥4 ॥

□□